हिन्द पॉकेट बुक्स

भारतीय ज्योतिष

पंडित गोपीनारायण मिश्र भविष्य-विज्ञान के विश्वविख्यात विद्वान हैं। 'भारतीय ज्योतिष' उनका एक ऐसा ग्रन्थ है, जो किसी को भी ज्योतिष-शास्त्र का सम्पूर्ण ज्ञान देता है। यह एक ऐसा विज्ञान है, जिससे आप अपना भविष्य जान सकते हैं और यह ऐसी कला भी है, जो आपके भाग्य को नियन्त्रित करती है।

भारतीय ज्योतिष

पंडित गोपीनारायण मिश्र

हिन्द पॉकेट बुक्स
पेंगुइन रैंडम हाउस इम्प्रिंट

हिन्द पॉकेट बुक्स

यूएसए | कनाडा | यूके | आयरलैंड | ऑस्ट्रेलिया | सिंगापुर
न्यू ज़ीलैंड | भारत | दक्षिण अफ्रीका | चीन

हिन्द पॉकेट बुक्स, पेंगुइन रैंडम हाउस ग्रुप ऑफ़ कम्पनीज़ का हिस्सा है,
जिसका पता global.penguinrandomhouse.com पर मिलेगा

पेंगुइन रैंडम हाउस इंडिया प्रा. लि.,
चौथी मंजिल, कैपिटल टावर -1, एम जी रोड,
गुड़गांव 122 002, हरियाणा, भारत

पेंगुइन
रैंडम हाउस
इंडिया

प्रथम हिन्दी संस्करण हिन्द पॉकेट बुक्स द्वारा 1984 में प्रकाशित
यह हिन्दी संस्करण हिन्द पॉकेट बुक्स में पेंगुइन रैंडम हाउस द्वारा 2022 में प्रकाशित

10 9 8 7 6 5 4 3 2

इस पुस्तक में व्यक्त विचार लेखक के अपने हैं, जिनका यथासंभव
तथ्यात्मक सत्यापन किया गया है, और इस संबंध में प्रकाशक एवं
सहयोगी प्रकाशक किसी भी रूप में उत्तरदायी नहीं हैं।

ISBN 9789353492175
मुद्रक: रेप्रो इंडिया लिमिटेड

www.penguin.co.in

FSC
www.fsc.org
MIX
Paper from
responsible sources
FSC® C047271

This is a legitimate digitally printed version of the book and therefore might not
have certain extra finishing on the cover.

विषय-सूची

भूमिका

दिसम्बर, 1947 की बात है। मैं बम्बई में शरणार्थी था। लेकिन मुझे कोलवाड़ा कैम्प में एक शरणार्थी की भांति रहना पसन्द न था। यह मेरी प्रकृति के विरुद्ध था। मैं स्वयं जीविका कमाना चाहता था। काफ़ी सोचने के बाद मैंने विचार किया कि नासिक मेरे अनुकूल रहेगा और मुझसे भी ज़्यादा मेरी मां के लिए ठीक रहेगा। मैं बम्बई की उन्मत्त भीड़ से दूर एक जगह चाहता था। मेरा विचार था कि गोदावरी के स्रोत त्र्यम्बक जाऊं और वहां जाकर जीवन की आडम्बरहीन और अनिवार्य मांग के लिए स्कूल या आश्रम खोलूं।

भगवान की कृपा कहिए कि मात्र पैसा ही कभी भी मेरी सनक नहीं रहा। यह मेरे लिए आशीर्वाद भी रहा है और विष भी; किन्तु यदि पिछले साठ वर्षों की ओर देखता हूं, तो मुझे यही लगता है कि अच्छाई का महत्त्व बुराई से कहीं अधिक रहा है। अधिक धन न होने का मतलब है, बहुत से रोगों से बचे रहना।

मेरे पास काफ़ी समय था। मैंने नासिक के लिए गाड़ी पकड़ी और आधी यात को नासिक रोड रेलवे स्टेशन जा पहुंचा। शहर कुछ मील की दूरी पर था और मैं इससे पहले कभी नासिक गया भी नहीं था। वह सर्दियों की ठंडी रात थी। बर्फ़ीली हवा चल रही थी। मेरे पास बिस्तर या कम्बल कुछ भी नहीं था। सिर्फ़ एक छोटा-सा काले चमड़े का बैग था। मैंने फ़ैसला किया कि तीसरे दर्जे के प्रतीक्षाहाल की सुरक्षित दीवारों के पास बेंच पर बैठकर ही मैं यह रात बिताऊंगा।

ऐसा लगा कि मैं ही एक अकेला ऐसा यात्री था, जो उस असमय में उस निर्जन स्टेशन पर उतरा था। एक तांगा यात्रियों को ले जाने की असफल प्रतीक्षा कर रहा था। जब उसे लगा कि मैं भी नहीं जा रहा, तो वह बहुत निराश

हुआ और मेरे पास आकर बोला, "आप इस ठंड में रात यहां क्यों बित्ताना चाहते हैं? मैं आपको धर्मशाला लिये चलता हूं। जहां आपको गर्म बिस्तर मिलेगा।"

मैं उसके इस प्रस्ताव से ललचा गया। मैंने पूछा, "तुम कितने पैसे लोगे?"

"सिर्फ बारह आने," उसने कहा।

उन दिनों पूरे तांगे के ये पैसे ज़्यादा थे; लेकिन मैं मान गया। चांदनी रात में गोदावरी नदी चांदी की तरह चमक रही थी। उसके किनारे-किनारे भयावने जंगल को पार करके एक घंटे की यात्रा के बाद तांगे वाले ने मुझे एक सुरंग के द्वार पर छोड़ दिया और उसके दूसरे छोर पर हो रही मद्धिम रोशनी की ओर संकेत करते हुए बोला, "वहां, वह रही धर्मशाला ।"

घुप अंधेरे में रास्ता-टटोलता, सारे रास्ते सुरंग की दीवार छूता हुआ, मैं उसके दूसरे छोर पर पहुंचा। वहां मैंने छोटे से रसोईयुक्त सोने के कमरे में एकमात्र साधु को अपने लिए कोई चीज़ पकाते हुए पाया।

"तुम क्या चाहते हो?" उसने पूछा।

"मैं यहां रात-भर के लिए सोना चाहता हूं।"

"जाओ, और बरामदे में सो रहो," उसने कहा।

यह बरामदा कोई बीस गज़ लम्बा, गोदावरी नदी की ओर, तीन तरफ़ से खुला हुआ था। ठंडी हवा चल रही थी। इस ठंडे डेरे की तुलना में रेलवे स्टेशन का साया स्वर्ग सदृश था; लेकिन मैंने इस निष्ठुर स्वागत सत्कार के बारे में साधु से किसी भी प्रकार का विवाद करना निरर्थक समझा। स्वयं एक योगी होने के नाते खुली हवा वाले उस बरामदे में मैं अपने बैग का तकिया लगाकर ठंडे पत्थरों के फ़र्श पर लेट गया।

आधे घंटे बाद साधु ने पुनर्विचार किया। मैं कौन हो सकता था? क्या मैं एक व्यसनी या अपराधी था? सर्दी की रात में खुली हवा वाले बरामदे के ठंडे पथरीले फ़र्श पर इस तरह क़ेवल कोई पागल आदमी ही सो सकता था? या मैं चोर हो सकता था? यह मन्दिर काफ़ी सम्पन्न स्थान में स्थित है। देवमूर्तियों के लिए उपहार में आई बहुत-सी नक़द राशि और स्वर्णाभूषण यहां होते हैं। यह

भी हो सकता था कि मैं उस सुअवसर की ताड़ में होऊं और मैं मन्दिर के आभूषणों को लेकर नदी तैरकर सघन वन और सर्पाकार पहाड़ियों में विलीन हो जाऊं।

भोजन कर चुकने के बाद साधु बाहर आया और मुझसे बोला, "तुम कहां से आ रहे हो?"

"बम्बई से," मैंने कहा।

"क्या आप श्री मेहता हैं?"

"हां बिल्कुल," मैंने आश्चर्य से कहा, "आप यह कैसे जानते हैं?"

"पहले तुम कहो कि मैं तुम्हें कैसे जानता हूं?"

साधु ने मेरे लिए रसोईयुक्त सोने वाला कमरा खोल दिया। उसने गर्म चाय और कुछ खाने के लिए तैयार किया। अपना बिछौना मुझे दिया और खुद ज़मीन पर सो गया।

सारी रात मैं यही सोचता रहा कि यह साधु मेरा नाम कैसे जानता है? मैं पहले तो कभी नासिक आया नहीं। जहां तक मुझे याद पड़ता था, मैं पहले कभी उससे मिला भी नहीं। यह निश्चय ही कोई देवता होगा, जिसने मुझे इस घुप अंधेरे में भी पहचान लिया। मात्र मेरी उस आवाज़ से, जिसमें मैंने केवल दो शब्द कहे थे 'बम्बई से' । कोई साधारण व्यक्ति यह नहीं कर सकता।

बहुत सवेरे उसने मुझे गर्म चाय और कुछ खाने के लिए दिया। चूंकि मैं त्रयम्बक जा रहा था, मैंने साधु से पूछा, "स्वामी जी, पहले कहीं हम मिले थे? मुझे इसकी धुधंली-सी भी याद नहीं है।"

उसने कहा, "देखिए! आठ वर्ष पूर्व लाहौर के एक कॉलेज में मैं इस मन्दिर के निर्माण के लिए कुछ चन्दा इकट्ठा करने आया था। आप उस समय किसी कक्षा में पढ़ा रहे थे। आपने छात्रों से धन एकत्र करके मुझे दिया था। मेरा नाम है, पंडित... ।"

मुझे उस घटना की धुंधली-सी याद है। यह कोई विशेष बात थी भी नहीं। यदि किसी को मेरी सहायता की आवश्यकता होती थी और मैं उसकी सहायता

कर सकता था, तो अवश्य करता था। छात्रों से मैंने साधु-संन्यासियों के लिए धन इकट्ठा किया था, यहां तक कि भिखारियों के लिए भी। कभी इस बात की चिन्ता भी नहीं की थी कि उनका मांगना उचित था या अनुचित। दूसरों के बारे में फ़ैसला देने वाला मैं होता भी कौन हूं? जनसेवा के नाम पर यदि कोई अपने लिए धन इकट्ठा करता है, तो उससे क्या अन्तर पड़ता है? हम सभी ऊंची ताकतों के हाथ के खिलौने हैं।

आठ साल पहले मैंने जो बीज बोया था, वह दिसम्बर, 1947 में अंकुराया और यह उसी का फल था कि मैं उस ठंडी रात में नदी किनारे की हवा से बच सका। ये पंडित गोपीनारायण मिश्र निश्चय ही श्रेष्ठ पुरुष थे, जिन्होंने मुझे कॉलेज के भीड़-भरे प्रांगण की आकस्मिक भेंट के आठ वर्ष बाद केवल दो शब्दों के बोलने से ही पहचान लिया।

पंडित गोपीनारायण मिश्र साधारण व्यक्ति नहीं हैं, उनकी लिखी यह पुस्तक भी निश्चय ही आसाधारण होनी चाहिए। भविष्य विज्ञान जैसी पुस्तक केवल एक अलौकिक पुरुष ही लिख सकता है। पंडित गोपीनारायण मिश्र वास्तव में एक अलौकिक पुरुष हैं, जो परम चेतना के अलौकिक ज्ञान की परतों की विस्तृत व्याख्या कर रहे हैं।

रांची
(बिहार)

एस. एल. मेहता
(प्रोफ़ेसर)

भविष्यवाणी के लिए प्राचीन प्रयत्न

महर्षि रमण के अनुसार अतीत राख का ढेर है। यदि अतीत राख है, तो भविष्य क्या है? क्या हम इसे अग्निकुंड कहें? जो भी हो, शताब्दियां बीत जाने पर भी भविष्य ने सन्तों, साधु-संन्यासियों, प्रवक्ताओं, विद्वानों, सिद्ध पुरुषों, मुक्तिदाताओं, यहां तक कि पापियों की कल्पना को भी उत्तेजित किया है। महात्मा ईसा ने अपने सभी उपाख्यानों में चीज़ों का नाता सम्भावित चीज़ों से जोड़ा है।

अतीत भविष्य के समुद्र में एक बूंद के समान है। विश्व में इतिहासकार तो कुछ हज़ार ही होंगे; लेकिन भविष्यवक्ता, दूरदर्शी, ज्योतिषी, पारदर्शी, हस्तरेखा विशेषज्ञ, अंक विज्ञान-विशेषज्ञ तथा इसी वर्ग और प्रकार के अन्य लोग कई लाख होंगे। यदि कुछ हज़ार लोग सही मार्ग पर हैं, तो कई लाख लोग ग़लत कैसे हो सकते हैं?

विज्ञान बनाम अन्तश्चेतना और कल्पना – मैं समस्त श्रेय अपने मित्र शुभकरण सिंह को दूंगा, जिनको न तो स्वीकारा गया और न ही मूल्यांकन किया गया, जो अब हिमालय में भ्रमण कर रहे हैं, जो सारे समय मानसिक संक्रमण द्वारा मुझसे पत्राचार करते हैं और जब-तब शारीरिक रूप में भी, जिन्होंने अपनी गूढ़, लेकिन विद्वतापूर्ण पुस्तक 'Life style : Psychodynamics of Yoga' [Page 110] में लिखा है :

यह कहा जाता है कि मनुष्य से सम्बन्धित लाखों बातों में से एक प्रतिशत से कम बातें विज्ञान के अन्तर्गत आती हैं; लेकिन विज्ञान की पहुंच 75 प्रतिशत ठीक होती है। अन्तश्चेतना सभी बातों से सम्बन्धित होती है; किन्तु उसकी पहुंच 10 प्रतिशत ही ठीक उतरती है। जहां तक कल्पना का सम्बन्ध है, वह बहुत-सी बातों से सम्बन्धित होती है, (लगभग 75 प्रतिशत तक) लेकिन इसकी

पहुंच 25 प्रतिशत तक ठीक होती है । यदि यह सच है तो एक मिलियन बातों में से विज्ञान मात्र साढ़े सात हज़ार से सम्बन्धित है, जब कि अन्तश्चेतना की पकड़ दस हज़ार तक है और कल्पना 1,87,500 बातों के बारे में सही निर्णय देती है। इस प्रकार अन्तश्चेतना और कल्पना का सामान्य व्यवहार में कहीं अधिक महत्त्व है, किन्तु यदि इनको सही ढंग से व्यवहार में लाया जाए, तो ये प्राकृतिक विज्ञानों से भी अधिक सही निर्णय दे सकते हैं।

प्रत्यक्ष-अप्रत्यक्ष निर्धारण — साहित्य (विशेषकर कविता और नाटक) भविष्यवाणियों, अन्धविश्वासों और शकुनों से भरा पड़ा है, जो कि स्वाभाविक घटनाक्रम का प्रत्यक्ष-अप्रत्यक्ष निर्धारण है। शेक्सपियर के हेमलेट, मैकबेथ, जूलियस सीजर तथा अन्य नाटकों का नाटकीय सौन्दर्य तथा उनकी शक्ति इसी भविष्यविज्ञान के मूलभूत तथ्यों के कारण है। अलौकिकता के बिना कॉलरिज के दफा 'Kublai Khan तथा Ancient Mariner' का क्या महत्त्व है?

कालिदास ने भी अपने शकुन्तला नाटक की प्रस्तावना में स्वाभाविक घटनाक्रम की अलौकिक शक्तियों का उल्लेख किया है :

"जो विधाता की सर्वप्रथम सृष्टि है (अर्थात जलरूप मूर्ति), जो विधिपूर्वक हवन की गई हवि को (देवताओं के पास) ले जाती है (अर्थात अग्निरूप मूर्ति), जो होता है (अर्थात यजमान रूप मूर्ति), जो दो समय का निर्माण करती है (अर्थात सूर्य और चन्द्ररूपी मूर्तियां, जो दिन और रात्रि को बताती हैं) जिसका शब्द गुण है और जो विश्व में व्याप्त होकर विद्यमान है (अर्थात आकाश रूप मूर्ति), जिसको (विद्वान) समस्त बीजी का कारण कहते हैं (अर्थात पृथ्वीरूप मूर्ति) और जिससे सभी प्राणी जीवित रहते हैं (अर्थात वायुरूप मूर्ति) उन प्रत्यक्ष आठ मूर्तियों से युक्त ईश्वर (शिव) आप लोगों की रक्षा करें।"

अन्धविश्वास –अन्धविश्वास जीवन की प्रभावशाली शक्ति है और हमारे अधिकांश क्रिया-कलापों पर चाहे-अनचाहे इसका प्रभाव रहता है। दुनिया में शायद ही कोई ऐसा व्यक्ति होगा, जो जाने-अनजाने ऐसे काम न करता हो, जो दूसरों की दृष्टि में अवैज्ञानिक हो। जुआरी, ताश-प्रेमी, घुड़दौड़ में शर्त लगाने वाले तो अन्धविश्वास को लेकर ही चलते हैं, उन्हें इससे पर्याप्त लाभ होता है। यदि वे अपने मन की इच्छानुसार कार्य न करें तो वे अपने मन की शान्ति खो

बैठेंगे। ऐसे व्यक्ति वैज्ञानिक-यान्त्रिक तरीकों को अपनाकर अपनी मानसिक शान्ति भंग करने की अपेक्षा मानसिक अन्धविश्वासं पर चलकर खेल में हार जाना अधिक पसन्द करेंगे।

चार्ल्स लैंब अपने 'Essays of Elia' में लिखता है कि "सब मनुष्यों का अंधेरा पक्ष (अर्थात अन्धविश्वास) होता है, और मैंने उसकी रहस्यपूर्ण ध्वनि सुनी है कि हृदय ही उसका प्रिय स्थान है।"

आंशिक भविष्य कथन – ऐसे व्यक्ति बहुत कम हैं, जिन्हें अन्तश्चेतना वरदान रूप में मिली हो, जिससे वे अपना स्पष्ट भविष्य ठीक उस प्रकार जान सकें, जैसा कि उनके मानस पटल पर ही अंकित हो।

अपवादस्वरूप, प्रत्येक व्यक्ति यदि अपनी अन्तश्चेतना और कल्पना को उस दिशा में प्रशिक्षित करे, तो आंशिक तौर पर भविष्य कथन कर सकता है। यह एक तकनीक है और मनोवैज्ञानिक प्रशिक्षण की अपेक्षा रखती है। कैसा भी काम हो, उसमें दक्षता और अनुभव की आवश्यकता होती है। आप मानसिक और शारीरिक अनुशासन के बिना भविष्यवक्ता होने की आशा कैसे कर सकेते हैं?

Old Testament [Corinthians : Ephesians 13:9] में कहा गया है –

"क्योंकि हमें आंशिक ज्ञान है, इसलिए हम आंशिक भविष्य कथन करते हैं।"

किसी अज्ञात वस्तु के बारे में बताने के लिए उसका कुछ ज्ञान होना आवश्यक है। भविष्य विज्ञान उस तार्किक प्रक्रिया का अनुसरण करता है, जो आप क्या जानते हैं से लेकर आप क्या नहीं जानते तक की यात्रा करती है। कम्प्यूटर का भी ठीक यही सिद्धान्त है। जो आप नहीं जानते उसका उत्तर जानने के लिए कम्प्यूटर को आप ज्ञात सामग्री तो देते ही हैं। यदि मनुष्य की बुद्धि को समुचित प्रशिक्षण दिया जाए, तो वह उस दक्षता को प्राप्त कर सकता है, जिसका विश्वास Joel [2:28] ने Old Testament में दिलाया है – "आपके पुत्र और पुत्रियां भविष्यवाणी करेंगे, आपके बुजुर्ग स्वप्न लेंगे, आपके युवक जलवा देखेंगे ।"

आज मानव जाति ने भविष्य कथन की शक्ति को क्यों गंवा दिया है? वह निकट भविष्य में घटने वाली घटनाओं को भी नहीं देख सकती। इसका मुख्य कारण स्कूल-कॉलेजों में युवकों को दी जा रही दोषपूर्ण शिक्षा है। समाचार पत्रों, रेडियो और टेलीविज़न ने हमारी मानसिक शक्तियों का अपहरण कर लिया है। मनुष्य जितना सीधा-सादा और महान होगा, उतना ही उसका मस्तिष्क स्पष्ट होगा। दिल्ली, लन्दन और न्यूयार्क की अपेक्षा आपको तिब्बत और अफ्रीका के अंधेरे जंगलों में ज्योतिषी शक्तियां अधिक मिलेंगी।

प्रकृति की एकता और एकरूपता - भौतिक-विज्ञान और रसायन–विज्ञान की भांति भविष्य-विज्ञान भी तर्क-शास्त्र पर आधारित है। नक्षत्र-विज्ञान, हस्तरेखा विज्ञान, अंक ज्योतिष तथा इसी प्रकार के अन्य भविष्य-विज्ञान प्रकृति की एकता व एकरूपता के नियम पर आधारित है। विश्व की प्रत्येक वस्तु दूसरी वस्तु से किसी-न-किसी प्रकार सम्बन्धित होती है। जब आप ज़ुराब का जोड़ा ख़रीदते हैं, तो उसे मुट्ठी से नापते हैं, सीधे ही पैर से क्यों नहीं नापते? ऐसा इसलिए कि पैर और मुट्ठी के नाप में निश्चित सम्बन्ध है। यही बात शरीर के अन्य अंगों के बारे में भी सही है। यदि वैज्ञानिक किसी विनष्ट पशु की एक हड्डी ही पा जाएं, तो वे उसकी पूरी आकृति ही बना देते हैं, जो कि विश्वसनीय भी होती है। जो बात पशु शरीर या मानव शरीर के बारे में सही है, वह सम्पूर्ण विश्व के सम्बन्ध में भी सही है।

यह पुस्तक जो इस समय आपके हाथ में है यह भी कई ज्ञात-अज्ञात व्यक्तियों से सम्बन्धित है। इसका उन जंगलों से सम्बन्ध है, जहां से काग़ज़ बनाने के लिए लकड़ी आई; उन व्यक्तियों से, जिन्होंने लकड़ी काटी; उन पशु-पक्षियों से, जो उस जंगल में रहते हैं; रसायन और लोहे से, जो मशीन और काग़ज़ बनाने के लिए खानों से उपलब्ध किया गया। इसी प्रकार उन हज़ारों व्यक्तियों से, जिन्होंने पुस्तक को इस रूप में तैयार करने के लिए काम किया। यदि आप उन सम्बन्धित व्यक्तियों, पशुओं और वस्तुओं के बारे में सोचें, तो आप इस निष्कर्ष पर भी पहुंच सकते हैं कि किसी-न-किसी प्रकार इसका सम्बन्ध नक्षत्रों से भी है। आपने यह पुस्तक ख़रीदी, किसी से ली या पढ़ने के लिए चुराई–इस तथ्य का भी गुप्त नक्षत्रीय प्रक्रिया से सम्बन्ध है।

Francis Thompson (1859–1907) ने इस नक्षत्रीय एकता को अपनी कविता 'The mistress of vision' में इस प्रकार अभिव्यक्त किया है –

"हमारी दृष्टि के सामने की सब वस्तुएं, चाहे वे दूर हों या पास, अलौकिक शक्तियों द्वारा नियन्त्रित हैं। बिना नक्षत्रों की अनुमति के आप एक पत्ता भी हिला नहीं सकते, ये आपस में एक-दूसरे से जुड़ी हुई हैं।"

हवाएं और मौसम – आदिमानव हवाओं के चलने और पक्षियों के उड़ने के आधार पर मौसम की भविष्यवाणी किया करता था। आधुनिक मानव इस काल को भुला बैठा और प्रकृति की प्रवृत्ति को समझने के बजाय यन्त्रों पर विश्वास करता है, किन्तु मौसम विज्ञान का जन्म हवाओं से मौसम जान लेने की प्राचीन कला से ही हुआ है।

आज न तो हम इस बात से आश्चर्यचकित होते हैं कि प्राचीन काल में व्यक्ति क्या करते थे और न आधुनिक व्यक्तियों के क्रियाकलाप हमें विस्मित करते हैं। वैज्ञानिक कार्य अब नित्यप्रति के अनुभव हो गए हैं। अब मौसम जानने के लिए हम समाचार पत्र देखते हैं न कि आंगन के पशु-पक्षियों का व्यवहार, बशर्ते कि हमारे पास आंगन और पशु-पक्षी हों। हाल ही में चीन वासियों ने यह प्रमाणित किया है कि भूकम्प का पूर्वानुमान सांप के व्यवहार से लगाया जा सकता है, किन्तु यदि आज का मानव कहीं सांप देख भी ले; तो उसकी यही कोशिश रहेगी कि सांप को मार दो। वह उसके व्यवहार पर ध्यान नहीं देगा, जब कि 90 प्रतिशत सांप ऐसे हैं, जो हानि पहुंचाने की अपेक्षा मनुष्य और फसलों को लाभ ही पहुंचाते हैं। प्राचीन काल में हिन्दू जब सर्पों की पूजा करते थे, तब उनमें यह योग्यता थी कि वे उनके व्यवहार से भूकम्प का पूर्वानुमान लगा सकें।

विज्ञान के प्रवक्ता – प्रत्येक आधुनिक विज्ञान की जड़, प्राचीन काल में किए जाने वाले भविष्य के पूर्वानुमान की, योग्यता में निहित है। उदाहरण के लिए ज्योतिष विद्या का जन्म नक्षत्र-फल गणित विद्या से हुआ और गणित का जन्म अंक ज्योतिष से। रसायन विज्ञान प्राचीन रसविद्या नामक विज्ञान की देन है, जिसका प्रयोग साधारण धातु को सोने में बदल देने के लिए तथा ऐसा रस (अमृत) बनाने के लिए होता था, जिससे चिर-यौवन रह सकें। सब औषधियां

अमृत बनाने की कोशिश में बनी हैं। आधुनिक औषधिनिर्माता अमृत बना नहीं पाते और LSD बनाकर आधुनिक मानव को गुमराह कर रहे हैं कि यह अमृत के समान है।

प्राचीन अंक ज्योतिष को गणित-शकुन-शास्त्र कहा जाता था जिससे आज गणित बना है। वनस्पति भाविकथन, जो पेड़ों के जलने पर आगामी घटनाओं की सूचना देता था, वही आज के वनस्पतिशास्त्र का जन्मदाता है।

हस्तरेखा विज्ञान

सम्पूर्ण विश्व में एकता और एकरूपता का नियम प्रचलित है। इसी नियम के कारण वैज्ञानिक एक हड्डी के आधार पर ही मनुष्य अथवा पशु का पूर्ण ढांचा बना सकने में सफल हुए हैं। हस्तरेखा विज्ञान भी इसी एकता व एकरूपता के नियम पर आधारित है। यह प्रत्येक व्यक्ति और प्रत्येक चीज़ पर लागू होता है।

हाथ मन का प्रतिबिम्ब है, जो कि मनुष्य पर नियन्त्रण करता है। विभिन्न प्रकार के हाथों में विभिन्न प्रकार के मस्तिष्क प्रतिबिम्बित होते हैं। यही बात हस्तरेखा विज्ञान का मूल है। भिन्न-भिन्न हाथ भिन्न-भिन्न कार्यों के अनुकूल होते हैं। एक कलाकार का हाथ, एक मजदूर के हाथ से पूर्णतया भिन्न होगा। स्त्रियों के हाथ, पुरुषों के हाथ से अलग होते हैं। कार्य-व्यापार जिस तरह हाथ का निश्चय करता है, उसी तरह हाथ भी कार्य का निश्चय करता है। किसी की प्रकृति और जीवन वृत्ति का भी हाथ से उसी प्रकार पत्ता चलता है, जैसे कि उसके भूत, वर्तमान और भविष्य का पता चलता है।

मानव मस्तिष्क की भांति मानव हाथ भी लचीला और वैविध्य पूर्ण होता है। इसमें अनन्त ग्राह्मता और असीम उद्देश्य रहता है। निपुणता के कार्य और कार्यों की निपुणता अद्भुत होती है। ऐसा कोई कार्य नहीं है, जिसे मानव का हाथ कर नहीं सकता, किन्तु मनुष्य के हाथ जैसा कुशल उपकरण वह नहीं बना सकता, एक कम्प्यूटर मनुष्य के दिमाग़ के समान सभी कार्य करता है, किन्तु फिर भी ऐसा कोई मानव मस्तिष्क नहीं है, जो कि मानव मस्तिष्क जैसा कुशल कम्प्यूटर बना सके।

आगे आप इसी अध्याय में निम्न वलय, रेखाओं और बन्ध को बेहतर ढंग से समझ पाएंगे –

शुक्र वलय, हृदय रेखा, मस्तिष्क रेखा, विवाह रेखा, सूर्य रेखा, भाग्य रेखा, जीवन रेखा, मंगल रेखा और मणिबन्ध।

कीरोमेंसी (Chiromancy) – हस्तरेखा विज्ञान को कीरोमेंसी के नाम से भी जाना जाता है, जिसका अर्थ है – 'हाथ से क्या जाना जा सकता है।' बाइबिल के उदाहरण के अनुसार, "भगवान ने मनुष्यों के हाथ में चिह्न बना दिए हैं, जिनसे कि उन्हें उनके कार्यों का पता चल सके ।"

हाथ के आकार, बनावट, रंग और चिह्नों से व्यक्ति के चरित्र की पूरी जानकारी हो जाती है।

प्रमुख और गौण हाथ– व्यक्ति के स्वभाव, वृत्ति और क्रिया-विधि को सही प्रकार से जानने के लिए दोनों हाथों का अध्ययन करना आवश्यक है।

जो हाथ आने वाली घटनाओं की सूचना देता है और उनकी प्रकृति बताता है, वह प्रमुख हाथ होता है। जो हाथ उत्तराधिकार में प्राप्त तथ्यों के बारे में बताता है, वह गौण हाथ कहलाता है।

दाएं हाथ से कार्य करने वाले लोगों का दायां हाथ और बाएं हाथ से कार्य करने वालों का बायां हाथ प्रमुख होता है।

गौण हाथ व्यक्ति का दूसरा हाथ होता है, जो कि दाएं हाथ से कार्य करने वालों का बायां और बाएं हाथ से कार्य करने वालों का दायां होता है।

सामान्यतः स्त्रियों का बायां हाथ ही प्रमुख हाथ होता है, किन्तु जब स्त्री कर्मचारी महिला हो, पुरुषों का प्रतिदिन के कार्यों में बराबर हाथ बंटाती हो, तब स्त्री का दायां हाथ ही प्रमुख मानना चाहिए।

जब एक ही चिह्न समान रूप से दोनों हाथों पर हो, तो उस चिह्न को सफलता का अचूक चिह्न मानना चाहिए।

हाथ का आकार – यदि लम्बे व्यक्तियों के हाथ छोटे हों, तो वे बड़े स्तर पर कार्य करते हैं और ब्यौरों की परवाह नहीं करते। वे कुशाग्र बुद्धि होते हैं। वे व्यक्तियों और स्थितियों को शीघ्र और सही ढंग से परख लेते हैं। जूलियस सीजर भी इसी प्रकार का व्यक्ति था। उसके हाथ भी छोटे और कुछ-कुछ स्त्रियों जैसे थे। नेपोलियन के हाथ भी ऐसे ही थे।

छोटे क़द के व्यक्तियों के हाथ जब अनुपात में बड़े हों, तो वे प्रत्येक बात को सूक्ष्मता से समझने की प्रवृत्ति वाले होते हैं। भारत के द्वितीय प्रधानमन्त्री श्री लालबहादुर शास्त्री ऐसे ही व्यक्ति थे।

हथेली का आकार – चौड़ी हथेली सहानुभूतिपूर्ण, प्रिय और उदार प्रवृत्ति का परिचय देती है। ऐसे व्यक्ति का जीवन दृष्टिकोण के प्रति विस्तृत होता है। ऐसा व्यक्ति दूसरों की भावनाओं का भी ख़्याल रखता है। ऐसा व्यक्ति लोकप्रिय व्यक्तित्व का धनी होता है और हर प्रकार के व्यक्ति के साथ निभाने की क्षमता रखता है। ऐसे व्यक्ति की बाहर के कार्यों में अन्दर के कार्यों से अधिक रुचि होती है। अपने साथियों के लिए भी उसमें सहयोग की तीव्र भावना होती है।

संकुलित हथेली संकुलित मस्तिष्क का चिह्न है। ऐसा व्यक्ति स्वार्थी होता है। वह प्रकृति से ही आत्म-केन्द्रित और स्वार्थ चिन्तन का शिकार होगा। उसमें एकाग्रता की भी योग्यता होती है, जो कि बहुत लाभदायक सिद्ध हो सकती है, बशर्ते कि उसका सही तौर पर प्रयोग किया जाए। वह व्यक्ति एकान्त प्रिय होता है और उसमें सामाजिकता की मात्रा बहुत कम होती है। उसमें स्थिति के अनुकूल ढल जाने का अभाव होता है और उसमें वस्तुनिष्ठा भी नहीं होती।

अंगुलियों के सिरों की बनावट – नोकदार सिरे वाली अंगुलियां बताती हैं कि व्यक्ति क्रियाशील होने की अपेक्षा विचारों की दुनिया में खोया रहता है। ऐसा व्यक्ति आराम पसन्द होगा। यदि सभी अंगुलियां नोकदार सिरे वाली हैं, तो व्यक्ति का झुकाव माया की ओर होगा। ऐसा व्यक्ति सौन्दर्य प्रेमी, आदर्शवादी और सुसंस्कृत होगा। उसकी सौन्दर्य की ओर प्रवृत्ति होगी। वह व्यक्ति संवेदनशील होगा। ऐसा व्यक्ति परम्परावादी नहीं होगा, ऐसे पुरुष अथवा स्त्री में अध्यवसाय की कमी होती है और वे एक बंधे-बंधाए ढर्रे में नहीं रह सकते। ऐसा व्यक्ति किसी भी कार्य व्यापार को सुचारुपूर्ण ढंग से सम्पन्न करने में आश्चर्यजनक रूप में दक्ष होता है।

अंगुलियों के वर्गाकार सिरे व्यक्ति की अनुशासनप्रिय प्रवृत्ति तथा जीवन में व्यावहारिकता की ओर संकेत करते हैं। ऐसे व्यक्ति का मस्तिष्क सन्तुलित और यथार्थवादी होता है। ऐसे व्यक्ति एक सुनियोजित जीवन जीते हैं। ऐसे व्यक्ति परम्परावादी, नियमों का पालन करने वाले, धार्मिक और सामाजिक चेतना वाले होते हैं। ऐसे व्यक्ति भीड़ का अनुसरण करते हैं इनमें मार्गदर्शक बनने की शक्ति नहीं होती।

चौड़े सिरों वाली अंगुलियां अर्थात सिरे पर से पहले व दूसरे जोड़ की अपेक्षा अधिक चौड़ी अंगुलियां कर्म, गति और प्रवृत्ति में विश्वास प्रकट करती हैं। ऐसे व्यक्ति में कर्म करने की तीव्र इच्छा रहती है, ऐसे व्यक्ति प्रकृति से ही अस्थिर होते हैं। कुछ काम न करना उनके लिए असम्भव होता है। वे जन्मजात नेता होते हैं। ऐसे व्यक्ति यात्रा-प्रेमी होते हैं और जीवन में बदलाव के पक्षपाती भी होते हैं। ऐसे व्यक्ति आविष्कारक और यान्त्रिक कुशलताओं के प्रेमी होते हैं। विस्तार और अनुसन्धान से इन्हें लगाव होता है।

जिस व्यक्ति के हाथ की अंगुलियों के सिरे मिश्रित हों, जैसे कि एक सिरा कोणाकार (नोकदार) दूसरा वर्गाकार, तीसरा चौड़ा आदि, वह व्यक्ति बहुमुखी प्रतिभा का धनी होता है। ऐसा व्यक्ति ग्रहणशील होता है और किसी भी को करने में सक्षम होता है। ऐसा व्यक्ति सब कार्यों में दख़ल तो रखता है, किन्तु दक्ष किसी कार्य में नहीं होता। ऐसा व्यक्ति सर्वगुण सम्पन्न तो होता है, किन्तु उसमें विशेषज्ञता की कमी होती है। हर प्रकार के व्यक्ति से वह सही व्यवहार कर सकता है।

अंगुलियों की बनावट – जब अंगुलियां समान रूप से व्यवस्थित हों, यानी हथेली के एक सिरे से दूसरे सिरे तक सीधाई में हों, तो वे सन्तुलित मस्तिष्क और व्यावहारिक बुद्धि की ओर संकेत करती हैं। ऐसे व्यक्ति में सच्चाई का सामना करने की जन्मजात शक्ति होती है। ऐसा व्यक्ति दृढ़ और विशिष्ट व्यक्तित्व का धनी होता है। उसमें जीवन में होने वाले परिवर्तनों से लाभ उठाने की अधिकाधिक क्षमता होती है। ऐसा व्यक्ति संसार की व्यवस्था को सही ढंग से समझता है और अपने को स्थिति के अनुरूप ढाल लेता है।

अंगुलियों का ऊंचा-नीचा होना जीवन में विषमता का संकेत है। ऐसे व्यक्ति में कुछ गुणों की तो अधिकता होती है और कुछ की न्यूनता। ऐसे व्यक्ति का व्यक्तित्व भी पूर्ण विकसित नहीं होता। जीवन में सफलता पाने के लिए परिश्रम करना पड़ता है। ऐसे व्यक्ति में आत्म-नियन्त्रण की कमी होती है।

गांठयुक्त अंगुलियां – जिन अंगुलियों में सन्धियों पर फूली हुई गांठें हों, वे ऐसे व्यक्ति की ओर संकेत करती हैं, जो सजग प्रकृति का है और जिसकी बुद्धि दार्शनिक तथा विश्लेषणात्मक है। ऐसे व्यक्ति की रीति और सुव्यवस्था से प्रेम होगा। ऐसे व्यक्ति को समय, निष्ठा और सुव्यवस्था से लगाव होगा।

टेढ़ी-मेढ़ी अंगुलियां मनुष्य की कुटिलता की ओर संकेत करती हैं। ऐसा व्यक्ति जीवन का ग़लत मार्ग अपनाता है और सच्चाइयों का सामना करने में झिझकता है। ऐसे व्यक्ति का झुकाव छल-कपट की ओर होगा। ऐसे व्यक्ति की प्रकृति सन्दिग्ध और आवश्यकता से अधिक सचेत होगी। ऐसे व्यक्ति में आन्तरिक शक्ति का अभाव होगा और सही मार्ग पर चलने की योग्यता भी नहीं होगी।

चिकनी और सीधी अंगुलियां मस्तिष्क के सीधेपन की द्योतक हैं। ऐसे व्यक्ति में विचारों की अधिकता होती है और शीघ्र सोचने की प्रक्रिया होती है। ऐसे व्यक्ति जल्दबाज़ होते हैं। खुरदरी अंगुलियां विकृत मस्तिष्क की ओर संकेत करती हैं। ऐसा व्यक्ति आवश्यकता से अधिक तीखा होगा और दूसरों को अकारण अप्रसन्न कर देगा। ऐसा व्यक्ति जल्दी ही अपने दोस्त खो देता है और बिनावजह दुश्मन पैदा कर लेता है।

पतली अंगुलियां स्वस्थ और स्वच्छ प्रकृति की धोतक हैं। ऐसे व्यक्तियों के शरीर पर मस्तिष्क का अधिकार रहता है। ऐसा व्यक्ति जीवन में कला और विद्वता को अपनाता है। ऐसे व्यक्ति में वैशिष्ट्य और सौन्दर्य होता है। ऐसा व्यक्ति परिणाम की अपेक्षा गुण को महत्त्व देता है। ऐसा व्यक्ति पहनने और खाने के मामले में नकचढ़ा होता है।

मोटी अंगुलियां गुण की अपेक्षा परिमाण के प्रति प्रेम की ओर संकेत करती हैं। ऐसा व्यक्ति पेट भरने के लिए कुछ भी खा सकता है। खाने-पीने के मामले में वह अच्छी रुचि नहीं रखता। सामाजिक व्यवहार में भी वह कड़वा और रूखा होता है। किसी भोज में ऐसा व्यक्ति लालची की भांति टूट पड़ेगा।

सीधी अंगुलियां मस्तिष्क के सही ढंग के विकास की द्योतक हैं। ऐसा व्यक्ति आसानी से अपनी बात समझ सकता है और अपनी शक्ति का सही उपयोग कर सकता है। उसमें आन्तरिक शान्ति और आत्म-विश्वास होता है।

स्थूल अंगुलियां नीचे से मांसयुक्त और सिरे की ओर से पतली होती हैं। ये अंगुलियां गद्देदार, मोटी और चिकनी होती हैं। ये पशु वृत्ति की ओर संकेत करती हैं। ऐसे व्यक्ति इच्छाओं के गुलाम होते हैं। खाते रहना ही उनके जीवन का सबसे बड़ा सुख है।

कमज़ोर अंगुलियां कमज़ोर मस्तिष्क वालों की होती हैं। ऐसे व्यक्ति वास्तविकताओं का सामना करने में असमर्थ होते हैं।

अंगूठा : व्यक्ति का पूर्ण परिचय – अकेला अंगूठा ही व्यक्ति के बारे में सब-कुछ बताने के लिए काफ़ी है। मनुष्य के सभी गुण और दुर्गुण, वृत्ति और स्वभाव सभी मात्र अंगूठे से ही निश्चित किए जा सकते हैं।

जब अंगूठा ऊर्ध्व आधारित अर्थात अपनी सामान्य स्थिति में ऊपर उठा हो, तो वह स्वतन्त्रता की कमी और स्वार्थपरता का परिचय देता है। ऐसा व्यक्ति गुलाम मनोवृत्ति का होता है। उसका जीवन के प्रति दृष्टिकोण संकुचित होता है।

जब अंगूठा निम्न आधारित हो अथवा कुछ नीचा हो तो वह स्वतन्त्रता और उदारता के प्रति जन्मजात प्यार का संकेत है। ऐसे व्यक्ति बाधाओं से नहीं घबराते। स्वतन्त्रता के लिए लड़ने को वे तैयार रहते हैं। वे दुखी अथवा सताए हुए व्यक्तियों के लिए लड़ते हैं। ये व्यक्ति प्रकृति से ही दानी और उदार होते हैं।

लम्बा अंगूठा शक्तिशाली व्यक्तित्व, तीव्र इच्छा-शक्ति, न्यायप्रियता तथा उद्देश्यों को पाने के लिए दृढ़ संकल्प का परिचय है। ऐसे व्यक्ति में विशेषज्ञता, नाम और प्रसिद्धि पाने की लालसा रहती है। ऐसे व्यक्ति चाहे व्यापारिक हों या राजनीतिक, आर्थिक सामाजिक और वैज्ञानिक मसले हों, सब जगह नेतृत्व करते हैं।

छोटा अंगूठा व्यक्ति के शरीर और मस्तिष्क के बौनेपन की ओर संकेत करता है। ऐसे व्यक्ति की इच्छा-शक्ति और तर्क-शक्ति अविकसित और क्षीण होती है। ऐसे व्यक्तियों की जीवन-दृष्टि बहुत उत्तम नहीं होती। ऐसे व्यक्तियों की प्रवृत्ति नियति के हाथ का खिलौना बने रहने की होती है।

एकदम सीधा अंगूठा व्यक्ति के सही दिमाग़ और सही विचार-शक्ति का प्रतीक है। इससे यह भी संकेत मिलता है कि व्यक्ति में दृढ़ इच्छा शक्ति है और प्रतिकार की भी प्रबल क्षमता है। ऐसे व्यक्ति दृढ़ विचारों वाले होते हैं और जल्दी से झुकते नहीं। ऐसा व्यक्ति दृढ़ विश्वास वाला होता है। वह विश्वसनीय मित्र और साथी हो सकता है। ऐसे व्यक्ति के विचार दो टूक और दृष्टि

साफ़-सुथरी होती है। उसका जीवन सन्तुलित होता है। वह अच्छी सलाहों को अपनाने के लिए सदा तैयार रहता है।

मुड़ा हुआ अंगूठा मनुष्य के आवेगपूर्ण होने और जन्मजात चिड़चिड़ेपन की ओर संकेत करता है। किन्तु ऐसे व्यक्ति की प्रवृत्ति अच्छी होती है। अपनी योग्यता को कार्य रूप में लाने और उस पर अमल करने में वह सक्षम होता है। ऐसा व्यक्ति आकर्षक व्यक्तित्व वाला होता है।

स्थूल अंगूठा अपने हक़ के लिए लड़ने की दृढ़ता और पक्के इरादे का द्योतक है। जब ऐसा अंगूठा फूला हुआ-सा हो तो पाशविक वृत्तियों के प्रभुत्व का संकेत करता है। ऐसा व्यक्ति विचारों से क्रूर होगा और उसकी इच्छाएं भी हिंसक होंगी।

जब अंगूठे का दूसरा पोर तंग-सा हो तो उसकी आकृति कमर के समान बनती है। इस आकृति का अंगूठा धोखा-धड़ी, युद्ध-कौशल और कूटचालों की ओर संकेत करता है। ऐसे व्यक्ति को किसी भी निर्णय के लिए विवश नहीं किया जा सकता। ऐसा व्यक्ति शीघ्रता से अपने निर्णयों को बदलता रहता है। ऐसा व्यक्ति झूठे वायदे करता है और उन्हें पूरा करने में हिचकिचाता है।

जीवन-रेखा – जीवन-रेखा हाथ में सबसे बड़ी और महत्त्वपूर्ण रेखा है। अन्य रेखाओं की सफलता इसी रेखा पर निर्भर है। यह रेखा तर्जनी और अंगूठे के मध्य, हाथ के किनारे से प्रारम्भ होकर हथेली पर नीचे की ओर अंगूठे की जड़ में कलाई तक जाती है। यह अंगूठे को घेर-सा लेती है। यह स्वाभाविक है, क्योंकि अंगूठा और जीवन-रेखा, दोनों ही हस्तरेखा विज्ञान के सबसे महत्त्वपूर्ण हिस्से हैं। जीवन-रेखा जो अर्द्धवृत्त बनाती है, वही शुक्र पर्वत कहलाता है, जो कि प्रेम, रोमांस और जीवन की प्रसन्नताओं से सम्बन्धित है।

जीवन-रेखा जब हथेली पर गहरा मोड़ लेते हुए मुड़ती है, तो वह स्वाभाविक रूप से प्राप्त स्वास्थ्य, जीवन इच्छा और सुख को प्रकट करती है। यह रेखा रचनात्मक प्रवृत्ति, कम उम्र में शादी और घरेलू रिश्तों की मज़बूती की ओर संकेत करती है। ऐसा व्यक्ति विदेश जाने और वहीं रह जाने का इच्छुक नहीं होता।

जीवन-रेखा जब चन्द्र पर्वत की ओर जाती है, तब यह व्यक्ति की समुद्र पार विदेश यात्रा या साहसिक कार्य के लिए की जाने वाली यात्रा की ओर

संकेत करती है। ऐसे व्यक्ति चंचल प्रकृति के होते हैं और साहसिक कार्यों के प्रति रुचि रखते हैं।

जब जीवन-रेखा में से चन्द्र पर्वत की ओर कई रेखाएं निकली हुई हों, तो प्रत्येक रेखा यात्रा की द्योतक है, किन्तु ऐसा व्यक्ति अपने घर से अत्यधिक प्रेम करता है। वह विदेश में कहीं भी घूमे, किन्तु उसे घर की ही याद सताती रहती है।

जीवन-रेखा जब मुड़ने के बजाय सीधी हो, तो यह स्वार्थ और मानवीय गुणों की कमी का संकेत है। यह कमज़ोर मानसिकता की निशानी है। ऐसे व्यक्तियों को बढ़िया साथी नहीं मिल पाते। ऐसे हाथ सामान्यतः कुंवारी लड़कियां व कुंवारे लड़कों के होते हैं।

लम्बी जीवन-रेखा दीर्घायु बताती है और छोटी जीवन-रेखा अल्पायु बताती है।

जीवन-रेखा बीच में से टूटी हो तो जीवन को ख़तरे में डालने वाली बीमारी या दुर्घटना का संकेत है।

जीवन-रेखा की बांटती हुई प्रशाखाएं स्वास्थ्य के प्रति संकट का पता देती हैं।

जीवन-रेखा पर बना द्वीप उस आयु काल में स्वास्थ्य की गिरावट का संकेत है। यह भीतरी शारीरिक रचना में गड़बड़ी का भी सूचक है।

मस्तिष्क रेखा – मस्तिष्क-रेखा भी जीवन-रेखा के पास ही से निकलकर हथेली को आड़ा काटती हुई जाती है।

झुकी हुई मस्तिष्क-रेखा कलात्मक, रचनात्मक और शोध गुणों से परिपूर्ण दिमाग़ की सूचक है। ऐसा व्यक्ति शारीरिक और मानसिक रूप से साहसिक कार्यों को करने की सूझबूझ रखता है।

सीधी मस्तिष्क-रेखा व्यावहारिक प्रकृति और नियमबद्धता की द्योतक है। ऐसा व्यक्ति व्यावहारिक व्यापारी होता है और अपने ही स्वप्नों में खोया नहीं रहता।

जीवन-रेखा और मस्तिष्क-रेखा जब आपस में जुड़ी हों तो अत्यधिक

चिन्तन, आत्मविश्वास की कमी, सहानुभूतिपूर्ण व्यवहार तथा उत्साह-वर्धन के प्रति उत्तरदायित्व और भावुकता की ओर संकेत करती है।

मस्तिष्क-रेखा जब जीवन-रेखा से अलग हटकर शुरू होती है तो यह रेखा आत्मविश्वास, चिन्तन की अपेक्षा कर्म में विश्वास, अस्थिर स्वभाव, अधीरता और शक्तिशाली गुणों का संकेत करती है।

मस्तिष्क-रेखा का अन्त यदि प्रशाखाओं के बिना हो, तो यह ध्यान लगा सकने की शक्ति की ओर संकेत करती है। जिसे कि पतंजलि ने 'एकाग्रता' कहा है।

मस्तिष्क-रेखा जब छोटे से शूल के आकार में ख़त्म हो रही हो, तो मनुष्य की लेखन कार्य में रुचि होती है। यदि किसी व्यक्ति की मस्तिष्क-रेखा के अन्त में बड़ा-सा शूल हो तो ऐसा मनुष्य डांवाडोल मनःस्थिति का होगा। उसकी दो कामों में एक साथ हाथ अड़ाने की आदत होगी और इस प्रकार वह एक ही वस्तु पर मन को एकाग्र करने की शक्ति खो छोड़ेगा।

हृदय रेखा – हृदय-रेखा तर्जनी के नीचे से शुरू होकर हथेली को काटती हुई छोटी अंगुली के नीचे ख़त्म होती है।

जिस व्यक्ति की हृदय-रेखा एकदम सीधी हो वह व्यक्ति भावुकता से परे रहता है। भावनाओं को उत्तेजित करने के लिए बौद्धिक प्रोत्साहन की आवश्यकता रहती है। ऐसा व्यक्ति सामाजिक तुनकमिज़ाजी का शिकार होता है और उसमें प्रेम व मैत्री के प्रति सहज उत्तरदायित्व की कमी होती है। ऐसे स्त्री या पुरुष कामुकता के प्रलोभनों में नहीं फंसते। ये व्यक्ति जिनसे प्रेम करते हैं या विवाह करना चाहते हैं, उनके बौद्धिक, सामाजिक और आर्थिक गुणों पर ही रीझते हैं।

हृदय-रेखा से जो शाखाएं निकलती हैं वे यदि नीचे की ओर झुकी हुई हों, तो वे निराशा और कुंठा की ओर संकेत करती हैं। शाखाएं यदि ऊपर की ओर जा रही हों, तो मित्रों के सही और अच्छे प्रभाव की सूचक हैं।

छोटी हृदय-रेखा उदासीनता, कठोरता और अत्यधिक क्रूर प्रवृत्ति की ओर संकेत करती है। लम्बी हृदय-रेखा दयालु एवं स्नेही स्वभाव की प्रतीक है।

गहरी हृदय-रेखा व्यक्ति के गिने-चुने मित्रों के प्रति गहरे स्नेह और आदर

की सूचक है। चौड़ी हृदय-रेखा अनगिनत लोगों के प्रति उथले प्रेम की सूचक है।

हथेली के किनारे से निकलती हुई हृदय-रेखा कुंठा और निराशा से उत्पन्न आदर्श की ओर संकेत करती है। ऐसा व्यक्ति मानवीय सीमाओं को मान्यता नहीं देता। ऐसा व्यक्ति सच्चे और निर्दोष मित्र तथा अनुयायी चाहता है, ऐसा व्यक्ति मनुष्यों की अपेक्षा मूर्तियों से प्रेम करता है।

जब हृदय-रेखा हथेली को लम्बे मोड़ से काटती हुई जाती है, तो स्वस्थ, उत्साहपूर्ण और भावुक प्रकृति की ओर संकेत करती है। ऐसे व्यक्ति अच्छे साथी सिद्ध होते हैं। यह सच्चे हृदय का चिह्न है, ऐसे व्यक्ति प्रिय पुत्र, स्नेही साथी और आज्ञाकारी बच्चे सिद्ध होते हैं।

भाग्य-रेखा – भाग्य-रेखा जीवन-रेखा के पास से शुरू होकर मध्य अंगुली की ओर ऊपर की तरफ जाती है। यह रेखा जिनके हाथ में हो वे व्यक्ति अपने भाग्य के निर्माता होते हैं और अपने प्रारब्ध के मार्गदर्शक भी होते हैं।

भाग्य-रेखा जब मध्यमा के नीचे आकर समाप्त होती है, तब यह भौतिक विलास के लिए आन्तरिक इच्छा की प्रतीक है। ऐसा व्यक्ति सुरक्षा का आनन्द प्राप्त करता है। ऐसा व्यक्ति समृद्धि के सहारे अपने जीवन का भौतिक महल खड़ा करता है। ऐसे व्यक्ति के पास पैसा कमाने, ख़र्च करने और पैसा बचाने आदि सभी की रचनात्मक योजना रहती है। ऐसे व्यक्ति मिलने वाले अवसरों का जुआ नहीं खेलते।

भाग्य-रेखा यदि जीवन-रेखा से ही शुरू हो तो वह अपनी जीविका को सही रूप में अपनाने में घर-परिवार द्वारा प्राप्त सहायता की प्रतीक है। ऐसा व्यक्ति जन्म से ही भौतिक स्थिरता पा लेता है।

जब भाग्य-रेखा चन्द्र पर्वत से प्रारम्भ हो, तो यह असाधारण साहसी, प्रबल एवं चंचल व्यक्तित्व की ओर संकेत करती है। ऐसे व्यक्ति सुस्थिर नौकरी या व्यवसाय की अपेक्षा रोज़गार या स्वतन्त्र व्यवसाय पसन्द करते हैं।

जब भाग्य-रेखा लम्बा मोड़ काटकर तर्जनी के नीचे की ओर जाती है, तो वह महत्त्वाकांक्षी राजनीतिक जीवन की निशानी है। ऐसा व्यक्ति समाज में सत्ता ग्रहण करता है। उसमें संगठनात्मक कार्यों की असाधारण सामर्थ्य होती है।

जब भाग्य-रेखा तीसरी अंगुली के नीचे आकर ख़त्म हो तो इससे भौतिक महत्त्वाकांक्षाओं और कला या विज्ञान के क्षेत्र में नाम और प्रसिद्धि पाने की उत्सुकता प्रकट होती है। ऐसी भाग्य-रेखा जिस व्यक्ति की हो, वह व्यक्ति कुशाग्र बुद्धि एवं ईश्वरप्रदत्त का धनी होता है। वह व्यक्ति अपने लक्ष्यों की प्राप्ति के लिए आश्वस्त होता है तथा उनकी प्राप्ति के लिए जी-जान लड़ा देता है। ऐसे व्यक्तियों में लक्ष्य प्राप्ति के लिए असाधारण जोश और प्रसिद्धि प्राप्ति के लिए निर्भीक अभिलाषा का सामंजस्य होता है।

जब भाग्य-रेखा स्वतन्त्र रूप से शुरू हो; किन्तु जीवन-रेखा से जुड़ जाए, तो यह घर-परिवार की भलाई के लिए किए गए उस बलिदान की ओर संकेत करती है, जिसकी वजह से व्यक्ति का अपना जीवन पिछड़ जाता है।

भाग्य-रेखा पर द्वीप का होना इस बात का संकेत है कि व्यक्ति उस समय में बाधाओं, आर्थिक हानि और अनिश्चितता का सामना करेगा।

भाग्य-रेखा को काटती हुई शृंखलाएं इस बात की द्योतक हैं कि विकास मार्ग में प्रतिकूल प्रभावों से व्यवधान आएगा। निर्विघ्न चल रही आजीविका में यह हस्तक्षेप का कारण है। ये शृंखलाएं ईर्ष्यालु सहयोगी के समान हैं, जिससे कि व्यक्ति को स्वयं को बचाना होगा।

भाग्य-रेखा हृदय-रेखा पर रागाप्त हो, तो भावुकता व्यक्ति की भौतिक उन्नति में हस्तक्षेप करती है। भावनाएं व्यक्ति की उन्नति को अवरुद्ध करती हैं। ऐसा व्यक्ति प्रेम के कारण या उस व्यक्ति के कारण, जिसे वह प्रेम करता है, धन कमाने के सुअवसर भी छोड़ बैठता है।

जब भाग्य-रेखा मस्तिष्क-रेखा पर ख़त्म होती है, तो यह भौतिक विकास में कमी की सूचक है। ग़लत योजना ही हार और कुंठा की ज़िम्मेदार है। ऐसा व्यक्ति अपनी आजीविका को दृढ़ बनाने में असमर्थ रहता है। वह जीवन में उन्नति नहीं कर पाता, क्योंकि उसके द्वारा किया गया जीवन की व्यावहारिक वास्तविकताओं का मूल्यांकन ग़लत होता है।

जब भाग्य-रेखा की तीसरी अंगुली के नीचे प्रशाखाएं हों, तो ये कार्य की पहचान, सामाजिक उन्नति, आर्थिक प्रतिष्ठा, सफलता, प्रसिद्धि और आत्मतुष्टि की प्रतीक हैं।

जब भाग्य-रेखा छोटी अंगुली की जड़ की ओर बढ़े, तो यह भौतिक प्रगति,

व्यापार के विस्तार, सामाजिक सुअवसर के प्रसार और तकनीकी तथा वैज्ञानिक व्यवसाय में सफलता की प्रतीक है।

भाग्य-रेखा की प्रशाखाएं जब तर्जनी की ओर बढ़ें तो यह उच्चपद की प्राप्ति तथा गौरव और प्रतिष्ठा में वृद्धि की ओर संकेत करती है।

भाग्य-रेखा में स्पष्ट कटाव, आजीविका में रुकावट, आत्म-विश्वास को खो देना, आय की हानि और अत्यधिक दुख का कारण है।

भाग्य-रेखा के किनारे जब टूटे हुए हों और एक-दूसरे से उलझे हुए हों तो यह जीविका में सही योजना से होने वाले बदलाव, पूर्व विचार, तैयारी और योजना की द्योतक है।

सूर्य-रेखा – सूर्य-रेखा या सफलता की रेखा या बुद्धि-रेखा हथेली के किसी भी स्थान से शुरू हो सकती है; किन्तु यह तीसरी अंगुली के नीचे की ओर समाप्त होती है। यह हथेली को ऊपर से नीचे की ओर काटती है। सूर्य-रेखा जब कलाई के पास से शुरू हो, तो यह कम उम्र में सफलता प्राप्ति और अद्भुत योग्यता की ओर संकेत करती है। यह रेखा आशावादी मनःस्थिति तथा सौन्दर्य की प्रशंसा करने और सन्तोष की भावना का लक्षण है।

जब सूर्य-रेखा मंगल पर्वत पर जीवन-रेखा से ऊपर शुरू हो, तो वह दृढ़ निश्चय तथा उद्देश्य की प्राप्ति के लिए अद्भुत शक्ति की प्रतीक है। यह रेखा व्यक्ति के विकास और महत्त्वाकांक्षाओं की द्योतक है। यह व्यक्ति द्वारा अपने सुधार के लिए किए गए अनन्त प्रयासों की ओर संकेत करती है। ऐसा व्यक्ति अद्भुत सफलता प्राप्त करता है।

जब सूर्य-रेखा मस्तिष्क रेखा से आरम्भ होती है, तो यह जीवन में सामाजिक और आर्थिक सफलताओं के बौद्धिक आधार को प्रकट करती है। यह रेखा उद्देश्यों तक एकाग्रता से पहुंच पाने की मानसिक शक्ति की प्रतीक है।

जब सूर्य-रेखा चन्द्रमा के पर्वत से आरम्भ होती है, तो यह सफलता की पक्की निशानी है। मूर्खों का भी भाग्य साथ देता है, यह बात उन लोगों के लिए निश्चित है, जिनके हाथ में यह रेखा है। ऐसे व्यक्ति सफलता, ऐश्वर्य और प्रसिद्धि प्राप्त करते हैं। यद्यपि बौद्धिक रूप से वे इस योग्य नहीं होते।

जब सूर्य-रेखा लहराती हुई और सांकल के रूप में हो, तब यह धन और

विशेषज्ञता प्राप्ति में अत्यधिक बीमारी तथा दुर्भाग्य की वजह से सफलता में रुकावट डालती है।

स्वास्थ्य-रेखा – स्वास्थ्य-रेखा के रूप में जानी जाने के बावजूद यह रेखा वास्तव में बीमारी की रेखा है। यदि यह रेखा हाथ में न हो तो बहुत उत्तम है। यह रेखा व्यक्ति के स्वास्थ्य की जानकारी देने वाले यन्त्र के समान है।

स्वास्थ्य-रेखा कलाई के पास से शुरू होकर हथेली को पार करती हुई छोटी अंगुली के नीचे की ओर मुड़ती है।

हथेली पर इस रेखा की उपस्थिति व्यक्ति द्वारा अपने स्वास्थ्य के बारे में अत्यधिक चिन्ता की द्योतक है, ऐसा व्यक्ति अपने स्वास्थ्य के बारे में सदा चिन्तित रहेगा और मृत्यु के आने से पहले ही मृत्यु से भयभीत रहता है, ऐसा व्यक्ति स्वास्थ्य सम्बन्धी अनावश्यक चिन्ता से ग्रस्त होता है।

लम्बी और स्पष्ट स्वास्थ्य-रेखा किसी भी विचार से रहित हो, तो यह स्वस्थ तथा सतर्क प्रवृत्ति की द्योतक है।

यदि स्वास्थ्य-रेखा सर्वथा ग़ायब हो, तो ऐसे व्यक्ति को अपने स्वास्थ्य के बारे में चिन्ता करने की कोई आवश्यकता नहीं। ऐसा व्यक्ति अपनी शक्ति पर ज़ोर डाल सकता है और स्वास्थ्य को जोखिम में डाले बिना अधिक कार्य कर सकता है।

स्वास्थ्य-रेखा पर बना नक्षत्र बांझपन का द्योतक है।

स्वास्थ्य-रेखा पर गहरी शृंखला कमज़ोर पाचन शक्ति का संकेत है।

द्वीपयुक्त स्वास्थ्य-रेखा आंतों की ख़राबी बताती है।

लहरदार स्वास्थ्य-रेखा पित्त-दोष बताती है।

विवाह-रेखा – विवाह-रेखा हाथ के बाहरी किनारे से शुरू होकर हथेली पर छोटी अंगुली की जड़ में आती है। विवाह रेखाएं एक से अधिक भी हो सकती हैं। गहरी तथा साफ़-सुथरी रेखा ही विचारणीय है।

यदि विवाह-रेखा स्पष्ट और सीधी है, तो यह उस खुशहाल विवाह की द्योतक है, जिसमें दोनों साथी गहरे प्रेम में बंधे रहते हैं। जब विवाह-रेखा हृदय-रेखा के पास हो तो कम आयु में विवाह होता है। विवाह-रेखा जितनी

ऊंची होगी जीवन-साथियों को उतना ही आपस में सहयोग प्राप्त करने में देर लगेगी।

यदि विवाह-रेखा के ऊपर एक और गहरी रेखा हो तो शादी के बाद भी किसी अन्य व्यक्ति से भावनाओं का सम्बन्ध हो सकता है या बना रह सकता है।

जब कई पतली और अस्पष्ट-सी विवाह रेखाएं हों, तो यह विवाह के प्रति उदासीनता, विचित्र और स्वच्छन्द रवैये की द्योतक है। ऐसे व्यक्ति शादी बहुत कम करते हैं।

जब विवाह-रेखा ऊपर-नीचे की ओर झुकी हो और हृदय-रेखा को पार करे तो ऐसा व्यक्ति अपने साथी की अपेक्षा दीर्घकाल तक जीता है।

जब विवाह-रेखा ऊपर की ओर मुड़ती है, तो यह ज़िम्मेदारी रहित प्रेमपूर्ण जीवन के प्रति दृढ़ उत्सुकता की द्योतक है। यह लड़के या लड़की के अविवाहित रहने का संकेत है।

जब विवाह-रेखा में से कई छोटी-छोटी रेखाएं नीचे की ओर झुकी हों, तो यह विवाहित जीवन की व्यक्तिगत खुशियों की अनुपस्थिति का संकेत है। यह जीवन-साथी की बीमारी और अन्य घरेलू चिन्ताओं की द्योतक है।

विवाह-रेखा यदि सफलता-रेखा की ओर थोड़ा-सा झुकाव लिये हो, तो ऐसे व्यक्ति का विवाह सम्पन्न तथा नामी व्यक्ति के साथ होगा। ऐसा व्यक्ति असाधारण उत्कर्ष का आनन्द लेता है।

विवाह रेखा यदि द्वीप से शुरू हो, तो विवाह में कठिनाइयों का संकेत है। विवाह-रेखा का अन्त अगर कई बड़ी-बड़ी प्रशाखाओं में हो, तो वह पति-पत्नी के वियोग का सूचक है।

विवाह-रेखा यदि शूल से आरम्भ हो, तो विवाह से पहले फिर प्रतीक्षा करनी पड़ती है।

विवाह-रेखा यदि सफलता-रेखा को काटती है तो विवाह द्वारा धन और मान की हानि का संकेत है।

विवाह-रेखा के अन्त में यदि द्वीप हो, तो जीवन-साथियों के विछोह के अन्त की हल्की-सी आशा जगाती है।

जब कोई सीधी तथा स्पष्ट रेखा विवाह-रेखा को काटती है। तो यह विवाह के मार्ग में अवरोध उत्पन्न करती है।

विवाह-रेखा में से ऊपर को जाती हुई रेखाएं सन्तान की सूचक हैं। स्पष्ट रेखाएं लड़कों और पतली रेखाएं लड़कियों की सूचक हैं।

जब विवाह-रेखा पर एक और रेखा हो और वह रेखा हृदय-रेखा तक जा रही हो, तो यह इस बात का संकेत है कि उस व्यक्ति को जीवन साथी की अपेक्षा सन्तान अधिक प्रिय होगी।

ज्ञान का वलय (गुरु वलय)– गुरु वलय तर्जनी की जड़ में अर्द्ध वृत्ताकार रेखा के रूप में होता है।

जब गुरु वलय स्पष्ट लम्बा और बिना कटा हो, तो यह आध्यात्मिक ज्ञान के क्षेत्र में अन्तर्दृष्टि का द्योतक है। यह अलौकिक ज्ञान तथा उसकी ओर झुकाव का चिह्न है।

शनि-वलय – यह भी अर्द्धवृत्ताकार रेखा है, जो कि गध्यगा की जड़ में धनुष का-सा आकार बनाती है। यह गहन दार्शनिक चिन्तन का प्रतीक है, जो नकारात्मक रवैये, निराशावाद, उदासी और विषय की ओर ले जाती है। थॉमस हार्डी, मैथ्यू आरनोल्ड, कीट्स तथा शैली सभी के हाथों में यह रेखा रही होगी।

रहस्यमय क्रास – यह क्रास हृदय-रेखा और मस्तिष्क-रेखा के मध्य में होता है। यह क्रास रहस्यात्मक रुझान और **भविष्यवाणी** करने की अद्भुत शक्ति का चिह्न है। जिनके हाथ में यह क्रास हो उन्हें अपना भविष्य जानने के लिए अन्य वक्ताओं की आवश्यकता नहीं है। वे हस्तरेखा विशारद की अपेक्षा अपने बारे में स्वयं, बेहतर जानते हैं। रहस्यमय क्रास ईश्वर का अद्भुत उपहार है।

शुक्र वलय – यह अर्द्धवृत्ताकार रेखा है, जो तर्जनी के पास से शुरू होकर कनिष्ठा पर ख़त्म होती है। यह वलय भावनाओं और सौन्दर्यानुभूति से सम्बन्धित है।

जब शुक्रवलय स्पष्ट और किसी प्रकार के दोष से रहित हो, तो यह दुर्लभ संवेदनशील प्रतिक्रिया का द्योतक है। ऐसा व्यक्ति सौन्दर्य के प्रति बौद्धिक चेतना वाला होगा। ऐसा व्यक्ति काम वासनाओं के जाल में भी फंस सकता है।

ऐसा व्यक्ति स्वयं पर नियन्त्रण नहीं रख पाता। अतः उसे अप्रिय स्थितियों से बचने के लिए स्वयं पर नियन्त्रण रखना चाहिए।

चिकित्सा चिह्न – तीन-चार ऊपर को जाती हुई रेखाएं और उनको काटती हुई एक पतली रेखा को चिकित्सा चिह्न कहते हैं। यह कनिष्ठा की जड़ में होत है।

यह रोगी को स्वस्थ करने की जन्मजात शक्ति का प्रतीक है। यह चिह्न उन चिकित्सकों के हाथ में मिलता है, जिन्होंने दुख और कष्ट को कम करने में सफलता पाई है।

दिल्ली के एक चिकित्सक को मैं जानता हूं, जिनके हाथ में यह चिह्न है। वह उन व्यक्तियों को ठीक कर सकते हैं, जिन्हें अन्य चिकित्सक निराशाजनक एवं असाध्य कर चुके हों।

वैज्ञानिक रुचि – ये दो ऊर्ध्वगामी रेखाएं हैं; किन्तु कभी-कभी ये छोटी अंगुली की जड़ में हृदय-रेखा के ऊपर झुकी हुई समानान्तर रेखाएं भी होती हैं।

ये रेखाएं चिकित्सा तथा वैज्ञानिक कार्य में अद्भुत सम्भावनाओं की प्रतीक हैं। ऐसे व्यक्ति विज्ञान के क्षेत्र में प्रसिद्धि पाते हैं।

चन्द्र-रेखा – चन्द्र-रेखा कमाननुमा रेखा होती है, जो कि मंगल पर्वत से शुरू होकर हथेली को पार करती छोटी अंगुली की जड़ में पहुंचती है। इसे अन्तःचेतना की रेखा भी कहते हैं।

जिस व्यक्ति के हाथ में यह रेखा हो वह अद्भुत ग्रहणशक्ति, अलौकिक और दूरदर्शी शक्तियों का स्वामी होता है। ऐसे व्यक्ति दिव्य-दृष्टि वाले अद्भुत मानसिक शक्ति से सम्पन्न होते हैं। ये स्पष्ट और साधुदृष्टि वाले होते हैं। उनके स्वप्न अक्सर सत्य निकलते हैं।

मणिबन्ध – कलाई पर समानान्तर जाती हुई स्पष्ट रेखाएं मणिबन्ध कहलाती हैं।

ये हथेली की ओर से गिनी जाती हैं। हथेली के सबसे नज़दीक वाली पहली रेखा होती है।

पहला मणिबन्ध यदि स्पष्ट हो, तो अच्छे स्वास्थ्य का प्रतीक है। इसे अच्छे स्वास्थ्य के साथ-साथ भाग्य का चिह्न भी माना जाता है। जब मणिबन्ध अस्पष्ट हों, तो ये अतिरंजना और दुराचारी प्रवृत्ति का संकेत करते हैं।

मणिबन्ध जब द्वीपयुक्त या शृंखलाकार हों, तो ये कठिन परिश्रमयुक्त जीवन, चिन्ता और उद्वेग की ओर संकेत करते हैं। इतना होने पर भी ऐसे व्यक्ति सफलता और उपलब्धि नहीं पा सकते।

जिस व्यक्ति के हाथ में मणिबन्ध बाहर की ओर झुकाव लिये हों, उसके गुप्त रोगी होने की सम्भावना है। इससे युक्त स्त्रियां सन्तान को जन्म देने में कठिनाई का सामना करती हैं।

पर्वत –पर्वत एक प्रकार का हथेली से ऊपर की ओर उठा हुआ मांस ही है; किन्तु इसका अत्यधिक महत्त्व है।

मुख्य आठ पर्वत हैं –

1. गुरु पर्वत – तर्जनी के नीचे
2. शनि पर्वत – मध्यमा के नीचे
3. सूर्य पर्वत – अनामिका के नीचे
4. बुध पर्वत – कनिष्ठा के नीचे
5. ऊर्ध्व मंगल पर्वत – यह हृदय रेखा और मस्तिष्क रेखा के बीच अंगूठे के विपरीत थपकी वाली जगह पर होता है।
6. शुक्र पर्वत – यह अंगूठे और जीवन-रेखा के बीच में स्थित है।
7. चन्द्र पर्वत – यह शुक्र पर्वत के विपरीत और थपकी वाली जगह के पास होता है।
8. निम्न मंगल पर्वत – यह ऊर्ध्व मंगल के विपरीत, अंगूठे की ओर होता है।

चन्द्र पर्वत – चन्द्र पर्वत ईश्वरप्रदत्त कलाकार का प्रतीक है। ऐसा व्यक्ति प्रकृति प्रेमी, कवि और अद्भुत विचार शक्तिवाला होता है।

बढ़ा हुआ चन्द्र पर्वत सामान्य ज्ञान की कमी, मानसिक अव्यवस्था और महज पागलपन की निशानी है।

शुक्र पर्वत – सामान्य शुक्र पर्वत वाला व्यक्ति स्वस्थ, प्रसन्न और हंसमुख होगा। उसका जीवन प्रसन्नता व रोमांच से भरपूर होगा। ऐसा व्यक्ति आकर्षक, रुचिकर और मनोहारी होता है।

बढ़ा हुआ शुक्र पर्वत ऐसे जीवन का प्रतीक है, जिसमें स्वप्न, अस्वाभाविकताएं, रोमांस, कामवासना, शराब और अन्त में बर्बादी हो।

मंगल पर्वत – सामान्य मंगल पर्वत व्यक्ति को जीवन में उद्देश्य प्राप्त करने के लिए पर्याप्त आक्रामक बनाता है। ऐसा व्यक्ति इस दिशा में अद्भुत सफलता प्राप्त करता है। वह अनुरागी पति होता है और अच्छी पत्नी के चुनाव में विशेष आग्रहशील होता है।

बढ़ा हुआ मंगल पर्वत युद्धप्रियता, फासीवाद, तानाशाही तथा दूसरों को अनावश्यक रूप में दबाने का प्रतीक है। यह झगड़ों का कारण बनता है और प्रतिहिंसा, प्रतिशोध और बदले का कारण होता है।

गुरु पर्वत – सामान्य गुरु पर्वत आध्यात्मिक आदर्श, सच्ची व ईमानदार निष्ठा, देशभक्ति, राजनीतिक महत्त्वाकांक्षा और व्यापार में जोखिम की ओर संकेत करता है।

असामान्य गुरु पर्वत अन्धविश्वास, राजनीतिक अभिमान, कला के प्रति मिथ्याभिमान और सामाजिक दर्प का चिह्न है।

शनि पर्वत – सामान्य शनि पर्वत दर्शन के प्रति प्रेम, पढ़ने का शौक़, सतर्कता, विचार शक्ति, बुद्धि और मानवीय मसलों पर सोच-विचार का सूचक है।

असामान्य शनि पर्वत रुग्णता, शक, अवसाद और शाश्वत विवाद का द्योतक है।

सूर्य पर्वत – सूर्य पर्वत कलात्मक रुचि, सौन्दर्य के प्रति प्रेम, परिवर्तन और पर्यटन से प्रेम, प्रसन्न प्रकृति तथा अभिनय की निपुणता का संकेत करता है।

बढ़ा हुआ सूर्य पर्वत कला और सौन्दर्य की दुनिया में खोए हुए अस्वाभाविक जीवन तथा दुखान्त परिणाम का संकेत है।

बुध पर्वत – सामान्य बुध पर्वत बहुमुखी मानसिकता, व्यापार क्षमता में चातुरी, वाक्पटुता और आर्थिक मामलों में चुम्बकीय आकर्षण का द्योतक है।

बढ़ा हुआ बुध पर्वत धन का अत्यधिक उन्माद और ज़िन्दगी के मुख्य मुद्दों के प्रति उपेक्षा का द्योतक है। ऐसे व्यक्तियों को धन में लाभ की अपेक्षा, हानि

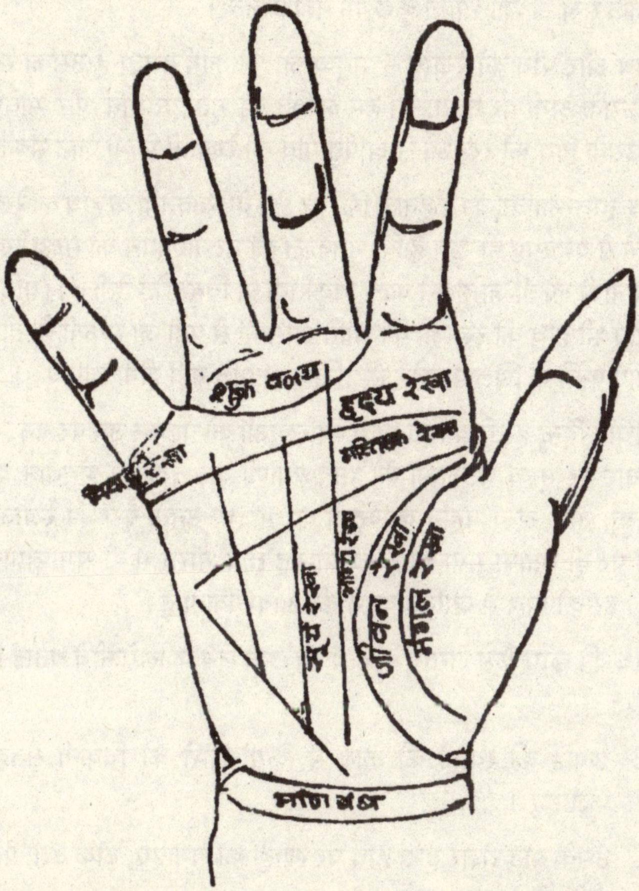
शुक्र वलय
हृदय रेखा
सूर्य रेखा
जीवन रेखा
मंगल रेखा

पहुंचती है। सफलता भी असफलता लगती है, क्योंकि उसे निजी, पारिवारिक या सामाजिक सुख अथवा शान्ति कुछ भी नहीं मिलता।

हाथ और पांव की रेखाएं – मनुष्य जो भी कार्य करता है उसका स्थायी प्रभाव उसके अंगों पर पड़ता है। हम व्यक्ति का भूत, वर्तमान और भविष्य न केवल उसके हाथ की रेखाओं से अपितु पांव की रेखाओं से भी जान सकते हैं।

एक हस्तरेखाविद का कहना है कि 'हर क्षेत्र के व्यक्तियों के हाथ की रेखाओं को पढ़ने से यह स्पष्ट हो गया है कि भूतकाल की घटनाएं हाथ की मुख्य रेखाओं में आसानी से खोजी जा सकने वाली विकृतियां या चिह्न छोड़ देती हैं। (यदि पांव की रेखाएं भी हाथ की रेखाओं की भांति आसानी से पढ़ी जा सकती हैं, तो पांव की रेखाएं पढ़ने के ख़िलाफ़ कोई सैद्धान्तिक आपत्ति नहीं होनी चाहिए ।)

प्राचीन हिन्दू हस्तरेखाविद पांवों की रेखाओं को पढ़कर उन पर बने चिन्हों के आधार पर मुख्य घटनाओं की भविष्यवाणी कर चुके हैं। भगवान कृष्ण, गौतम बुद्ध और अन्य महान व्यक्तियों का भविष्य उनके पैरों की रेखाओं के आधार पर ही बताया गया था। अब तो यह ज्ञान भारत में ही समाप्तप्राय हो गया है। इसको फिर से जीवित करने की आवश्यकता है।

हाथ की छाप कैसे लगाएं – हाथ की छाप लेने के लिए नीचे बताई विधि अपनाएं :

1. छपाई की स्याही को ट्यूब से किसी शीशे की चिकनी सतह पर फैलाइए ।
2. उसके बाद रोलर द्वारा हाथ पर स्याही को लगाइए, ठीक उसी प्रकार, जैसे फ़ोटोग्राफ़र करते हैं।
3. मेज़ की सतह पर रखे हुए साफ़ चिकने काग़ज़ पर हाथ को रखिए।
4. हाथ को बाहरी किनारे की ओर से दबाइए, ताकि पूरे हाथ के निशान काग़ज़ पर आ जाएं।
5. सावधानी से काग़ज़ पर से हाथ उठा लें।

भविष्य का घटना प्रवाह –"क्या भविष्य के घटना प्रवाह की जानकारी होना लाभदायक है?" हस्तरेखाविद ने पूछा, "यदि घटना प्रवाह को सही रास्ते पर लाया जा सकता है, तब तो यह लाभदायक है। यदि ऐसा नहीं हो सकता,

तो हमें इसकी, चिन्ता नहीं करनी चाहिए। फिर चाहे जो भी भाग्य में लिखा हो।"

हस्त-रेखा विज्ञान मौत के अलावा किसी मुसीबत की भविष्यवाणी नहीं करता और न ही यह उसका कोई उपाय ही बताता है।

हाथ हमें सीमित कार्यक्षमता के बारे में ही बताता है न कि वास्तविक क्षमता के सम्बन्ध में। हाथों पर से कई रेखाएं या चिह्न आते और जाते रहते हैं।

यह बात ध्यान देने योग्य है कि मनोरोग रसायन या अन्य चिकित्सक की सहायता से हाथ की रेखाओं को आश्चर्यजनक रूप में बदल सकती है।

अशुभ भविष्य से बचाव – स्थूल रूप रेखीय हस्त-रेखा विज्ञान पूर्ण तथा अचूक भविष्य का ज्ञान नहीं करा सकता। यह विज्ञान उन प्रवृत्तियों का परिचय देता है, जो प्रवृत्तियां सम्बन्धित व्यक्ति को उनसे बचाव के उपाय न करने पर एक निश्चित भविष्य की ओर ले जाती हैं।

यदि भविष्य में कुछ अशुभ होने वाला हो, तो व्यक्ति को आगामी प्रतिकूल परिणामों से बचने के लिए अनुकूल क़दम उठाने चाहिए।

"दुर्भाग्य से इस समय तक परिणामों के लक्षणों को कम करने का कोई उपाय नहीं है, जब कि कई ऐसे प्रतिकूल विध्वंसक लक्षण हैं, जिन्हें कि कम किया जा सकता है। जानकार लोगों को इन लक्षणों का विश्लेषण करना चाहिए ।"

समलैंगिकता – समलैंगिकता बताने के मुख्य लक्षणों का सही-सही निर्धारण करना कठिन है : किन्तु ऐसे हाथों में शुक्र वलय विद्यमान रहता है। ऐसा लगता है कि शुक्र बलय तथा अन्य रेखाओं का विकास समलैंगिक के विकास का संकेत है। केवल शुक्र बलय ही समलैंगिकता का द्योतक नहीं है। यद्यपि इस ओर संकेत अवश्य करता है।

हाथों के प्रकार

(क) **आदर्श हाथ** – इस हाथ की अंगुलियों के सिरे नुकीले होते हैं। यह सर्वश्रेष्ठ हाथ है। ऐसा व्यक्ति आदर्शवादी प्रकृति का होता है।

(ख) **कर्मठ हाथ** - इस हाथ में अंगुलियां मध्यम आकार की होती हैं।

ऐसे व्यक्ति जीवन में व्यावहारिक और प्रबन्धात्मक कार्यों में निपुण होते हैं।

(ग) **चौड़ा हाथ** – इसमें अंगुलियां छोटी होती हैं। यह शक्ति और हिम्मत का द्योतक हाथ है। ऐसे व्यक्ति स्वप्नों में ही खोए नहीं रहते बल्कि कर्म में विश्वास रखते हैं।

(घ) **संकीर्ण हाथ** – इस हाथ में अंगुलियां पतली होती हैं। ऐसे व्यक्ति तफ़सील में विश्वास नहीं रखते और नीरस कामों से उकताते भी नहीं हैं। ये व्यक्ति कठिन परिश्रम में धैर्य से सफलता प्राप्त करते हैं।

नाख़ून – हज़ारों वर्षों से नाख़ून स्वास्थ्य के सूचक रहे हैं। प्राचीन चिकित्सक-रोगी की नब्ज़ की अपेक्षा उसके नाख़ून देखा करते थे; किन्तु नाख़ून स्वास्थ्य के अतिरिक्त और भी बहुत कुछ बताते हैं। ये आपके जीवन और जीविका के सूचक लघुयन्त्र हैं।

1. **गुलाबी नाख़ून** – गुलाबी नाख़ून स्वस्थ नाख़ून हैं। ये मज़बूत शारीरिक गठन का संकेत हैं।

2. **बादाम के आकार के नाख़ून** – बादाम के आकार के नाख़ून मानवता, सौजन्य, शिष्टाचार, आदर्शवाद और सौन्दर्य के प्रतीक हैं – कला प्रेमियों के ऐसे ही नाख़ून होते हैं।

3. **संकरे नाख़ून** – संकरे नाख़ून जल्दबाज़ और चिड़चिड़े स्वभाव का पता देते हैं। ऐसे व्यक्तियों के साथ निभाना मुश्किल होता है।

4. **छोटे नाख़ून** – छोटे नाख़ून मनोहर तथा मनमोहक व्यक्तियों के होते हैं। ये सच्चे मित्र और अच्छे वक्ता होते हैं। ऐसे व्यक्ति शीघ्र ही ग़ुस्से में आ जाते हैं।

5. **लम्बे नाख़ून** – ये नाख़ून शान्त, संकोची और संवेदनशील प्रकृति के द्योतक हैं। लम्बे नाख़ून वाली महिलाएं अच्छी माताएं सिद्ध होती हैं।

हाथ से समय ज्ञान – जीवन-रेखा, भाग्य-रेखा, मस्तिष्क-रेखा तथा अन्य रेखाएं मृत्यु और अन्य आगामी घटनाओं का अनुमानित समय बताती हैं।

भाग्य-रेखा मस्तिष्क-रेखा को लगभग 40 वर्ष की आयु में पार करती है।

भाग्य-रेखा हृदय-रेखा को लगभग 50 वर्ष की आयु में पार करती है।

पूरी जीवन-रेखा अंगूठे के ऊपर से लेकर कलाई तक लगभग 100 वर्ष के समय का ज्ञान कराती है। पूर्ण तथा बिना तुड़ी-मुड़ी जीवन-रेखा वाला व्यक्ति लगभग 100 वर्ष की आयु तक जीता है। रेखा में किसी प्रकार का कटाव, गम्भीर-दुर्घटना का संकेत है। इसलिए एक व्यक्ति, जो लगभग 100 वर्ष तक जिन्दा रह सकता है, यदि अपने स्वास्थ्य और दुर्घटनाओं के प्रति सचेत नहीं होगा, तो जल्दी भी मर सकता है।

रेखाओं पर चिह्न

नक्षत्र – यह उन प्रभावों का संकेत है, जो मनुष्य के नियन्त्रण से बाहर हैं, जिसके हाथ में कई नक्षत्र होंगे ऐसे व्यक्ति के जीवन में अनपेक्षित घटनाएं घटेंगी।

द्वीप – रेखा पर द्वीप का होना, उस रेखा द्वारा बताए गए कार्य में रुकावट का प्रतीक है। इस प्रकार के विपरीत प्रभाव तभी तक रहते हैं, जब तक कि हाथ पर इस द्वीप की मौजूदगी रहती है।

क्रॉस – यह जीवन में गतिक्रम और प्रवाह का चिह्न है। भाग्य-रेखा पर क्रॉस का होना जीविका या स्थान में परिवर्तन का द्योतक है।

त्रिकोण – स्पष्ट त्रिकोण किसी आकस्मिक रेखाओं से न बना हो, तो सफलता का संकेत है।

वर्ग – रेखाओं पर वर्ग का होना सभी घटनाओं से रक्षा का संकेत है। नक्षत्र के गिर्द वर्ग का होना घटनाओं के प्रभाव को कम करता है। क्रॉस के गिर्द हो, तो यह परिवर्तन का संकेत है।

बिन्दु – रेखा पर बिन्दु का होना उस विशेष समय में किसी ख़ास घटना का संकेत है, जो कि विपरीत प्रकृति की होगी। इसका प्रभाव अस्थायी होता है। यह एक पूर्णविराम की तरह है, जिस पर एक वाक्य ख़त्म होता है और दूसरा शुरू होता है।

लचीला हाथ – जब हाथ पीछे की ओर झुके और सुन्दर मेहराब या झुकाव बनाए, तो उस हाथ को लचीला हाथ कहते हैं।

ऐसा हाथ व्यक्ति द्वारा किसी भी स्थिति को ग्रहण कर लेने की क्षमता का संकेत है। ऐसा व्यक्ति सर्वगुण सम्पन्न होता है और नवीन ज्ञान को भी शीघ्रता से ग्रहण कर लेता है।

ऐसा व्यक्ति मेधावी और उदार होता है। वह धन को धन के रूप में ही मानता है, धन को ही जीवन का सब-कुछ नहीं मानता। जैसे कि हेनरी फोर्ड का कहना है :

जिस प्रकार अपनी फ़ैक्टरी चलाने के लिए मुझे कोयले, लोहे और अन्य चीजों की ज़रूरत है, वैसे ही धन की भी आवश्यकता है। यह मेरे लिए कच्चा माल है।

इन प्रतिभाशाली हाथों के व्यक्ति प्रतिभाशाली मस्तिष्क के भी धनी होते हैं। वे व्यक्ति आश्चर्यजनक सफलताएं पाने में समर्थ होते हैं। ये क्रियाशील होते हैं तथा स्वप्नों को व्यावहारिक रूप देते हैं।

ऐसे व्यक्ति जीवन में अत्यधिक सफलताओं के हक़दार होते हैं।

बंधी हुई मुट्ठी – मज़बूती से बंधी हुई मुट्ठियों वाला व्यक्ति उपद्रवी होता है। ऐसा व्यक्ति आपको उस समय मुसीबत में डाल देगा, जब आप उसके हाथ में किसी अशुभ चिह्न का होना बताएंगे।

बन्द हाथ – बन्द हाथों वाला व्यक्ति अपने विचारों को गुप्त रखता है। ऐसे व्यक्ति के चरित्र के कुछ अंधेरे पक्ष भी होते हैं। वह किसी गम्भीर बात को छिपाने की कोशिश करता है।

चंचल हाथ – जिस व्यक्ति का हाथ किसी वस्तु रुमाल, बटन आदि से छेड़खानी करता हो, उसे अस्थायी उत्तेजना वाला मानना चाहिए। ऐसे व्यक्ति से प्रश्न पूछने से पहले उसे शान्त करना आवश्यक है।

कमानीदार हाथ – कमानीदार हाथ वाला व्यक्ति जीवन से भरपूर है। ऐसे व्यक्ति में अत्यधिक ऊर्जा और आदर्शवाद संचित रहता है।

खुला हाथ – खुले हाथ वाला व्यक्ति स्पष्टवादी और छलरहित होता है। छल वाला व्यक्ति अपने हाथों को छिपाता है।

आकर्षक हाथ – आकर्षक हाथों वाला व्यक्ति सौन्दर्यप्रेमी होता है। शोभा और सौन्दर्य ऐसे व्यक्तियों के मुख्य आकर्षण हैं। ऐसा व्यक्ति शिष्ट और सभ्य होता है।

स्त्रियोचित स्वभाव – स्त्रियोचित स्वभाव वाला पुरुष या नारी कोई भी हो सकता है। इनकी चाल नजाकत वाली होती है। ये एक हाथ कमर पर

रखकर और दूसरे को ढीला छोड़कर चलते हैं। ये चश्मे, इत्र, कैमरा और सुन्दर सजीले बैग लिये रहते हैं।

ये व्यक्ति अत्यधिक आडम्बरी होते हैं। ऐसे नर-नारी जीवन के छोटे-छोटे आडम्बरों में खोए रहते हैं। इनके बिना इन्हें जीवन ही जीने योग्य नहीं लगता। ऐसी नारी भी अत्यधिक नारीत्व का प्रदर्शन करती है।

यह कहना अजीब-सा लगता है कि कोई स्त्री भी अत्यधिक स्त्रियोचित स्वभाव की हो सकती है; किन्तु यह सत्य है। स्त्रियों में स्त्रियोचित भावना कम होना निर्भयता नहीं, बल्कि मज़बूती का सूचक है।

एक स्त्रियोचित स्वभाव वाला पुरुष एक स्त्री की भांति होता है। वह पुरुष अपनी हिम्मत व कर्तव्यों की अपेक्षा अपनी वेशभूषा पर अधिक ध्यान देता है। इस प्रकार के पुरुषों में ऊंचे घराने में पैदा हुई स्त्रियों की सी कमज़ोरी तथा कोमलता होती है। चाहे वे ग़रीबी में पैदा हुए हों। उनमें महलों की राजकुमारियों-सी शिष्टता रहती है।

यह सब पूर्वजन्म का पुनर्भभ्यास हो सकता है, जो कि कर्म और पुनर्जन्म के हिन्दू सिद्धान्त से लागू होता है। नहीं तो एक अस्तबल में पैदा हुआ लड़का, महलों की लड़की जैसा व्यवहार कैसे कर सकता है।

जीवन प्रवाह – यूरोप के महान हस्तरेखा वैज्ञानिक का कहना है कि :

"भगवान के अस्तित्व के बारे में मनुष्य बहस करता है, किन्तु वह इस बात से इनकार नहीं कर सकता कि हमसे बाहर ऐसी सर्वशक्तिमान सत्ता है, जो कि बिना हमसे राय लिये हमें जीवन देती है और लेती है।" कुछ इस शक्ति को बुद्ध, कुछ ईथर, कुछ विद्युत, कुछ प्रभु और कुछ लोग इसे नक्षत्रों का प्रभाव कहते हैं। नाम कुछ भी हो, प्रभाव तो एक ही है; किन्तु हस्तरेखा-विज्ञान के लिए हमें यह अनुमान अवश्य लगाना होगा कि मनुष्य के शरीर में जीवन का प्रवाह है और यह बाह्य शक्ति से आता है।

शंकराचार्य के शब्दों में यह और भी स्पष्ट है :

'हे प्रभु, यह जानते हुए भी कि जीवात्मा और ब्रह्म में कोई वास्तविक अन्तर नहीं है, मैं कहता हूं कि मैं आपका हूं, न कि आप मेरे हैं। तरंग समुद्र की है न कि समुद्र तरंग का है'।

अंक-विज्ञान

विज्ञान को गणित में और सभी भाषाओं को अंकों में बदला जा सकता है। उदाहरणार्थ, मैं अपनी बेटी का सेंट्रल बोर्ड ऑफ सेकेंडरी एजूकेशन का आल इंडिया हायर सेकेंडरी का 1976 का परिणाम लाया। वह इस प्रकार था –

विषय कोड 01 02 28 30 78

प्राप्तांक 125 डी 15 सी आर 93 सी आर 79 सी आर 92 सी आर

डी-(डिसटिंक्शन) सीआर-(क्रेडिट)

विषय संकेत में दिए गए विषयों के बारे में मुझे कोई जानकारी नहीं थी। मैं तो केवल डी और सी आर को ही जान सका, वह भी इसलिए क्योंकि सेंट्रल बोर्ड आफ सेकेंडरी एजूकेशन के सेक्रेटरी ने इन्हें फुटनोट में समझा दिया था।

विषय संकेत में दिए गए विषयों के बारे में मुझे शिक्षक से पूछना पड़ा। उसे इन संकेतों का पता था। इसी तरह हमारे सब कर्मों का वर्णन अलौकिक संकेतों में तो रहता है; किन्तु उस क्षेत्र में विशेषज्ञता रखने वाला व्यक्ति ही उसके बारे में बता सकता है।

अंक ज्योतिषी के अनुसार 20,747 रोजी प्रीत का रोल नम्बर विशिष्ट है। 747 आज का सबसे चर्चित जहाज़ है। यह एक सोफ़ियाना जहाज़ है; इक्कीसवीं सदी का जहाज़ तो और भी विकसित हो चुका होगा। इसी प्रकार रोजी प्रीत में भी आगामी शताब्दी की पूर्ण विकसित तकनीकी चेतना है। वह इसे साकार रूप देने की इच्छुक है और उसके लिए प्रयत्नशील भी है। आज बूढ़े बाप कें लिए बच्चों को समझ पाना कठिन है। मैं अपनी बेटी को ठीक-ठीक समझ नहीं पाता। मुझे क्या करना चाहिए और क्या नहीं, वह बताती रहती है।

अब वे दिन नहीं रहे, जब माता-पिता बच्चों को बताते थे कि उन्हें क्या करना चाहिए। अब बच्चे स्वयं निर्णय लेते हैं कि उन्हें क्या करना है।

दुनिया बड़ी तेजी से प्रगति कर रही है। इसीलिए हर नया बच्चा पुराने बच्चे से योग्य है। कुछ वर्षों का अन्तर ही काफ़ी अन्तर डाल देता है। मानसिक विकास की दुनिया भी 747 जेट की भांति तेज़ उड़ान भर रही है।

परिवेश का मनुष्य के जीवन पर और कार्य पर बहुत प्रभाव पड़ता है। यदि मनुष्य अपनी धीमी गति से चलेगा, तो उसकी क्षमताएं भी धीमी पड़ जाएंगी। जब मनुष्य उड़ता है, तो सारा विश्व उसके साथ उड़ता है। ऐसा मत सोचिए कि मन की गति शरीर की अपेक्षा धीमी है, बल्कि सत्य इसके विपरीत है। शरीर तो मन की गति को पकड़ भी नहीं सकता। यह हमारा दुर्भाग्य है कि हम अपने परिवार में मकान, कपड़े, यातायात के साधनों, हवाई जहाज़, कार, टेलीफ़ोन, फ्रिज, टेलिविज़न आदि पर तो बहुत ध्यान देते हैं; किन्तु नई पीढ़ी के बौद्धिक विकास पर बिल्कुल ध्यान नहीं दे पाते। आज हम बड़े-बड़े भवन तो खड़े कर रहे हैं; लेकिन उसमें रहने वालों को उस योग्य नहीं बना रहे।

आज से तीस-चालीस वर्ष पूर्व स्ट्रेटफोर्ड विंगफ़ील्ड ने अपनी यादगार पुस्तक 'द हिस्ट्री ऑफ ब्रिटिश सिविलाइजेशन' में लिखा था :

"विज्ञान की त्रासदी है कि उसने मनुष्य के वातावरण को तो उन्नत किया; किन्तु मानव मात्र को नहीं ।"

हर बीतते दिन के साथ यह त्रासदी गहन होती जा रही है। मनुष्य के और उसके मन में अनन्त अन्तर है। देखो इक्कीसवीं सदी में क़्या होता है?

कुल प्राप्त अंक 484 यह बताते हैं कि इस लड़की में आगामी दो वर्षों में अत्यधिक बुद्धि आएगी, जो उसे चारों ओर से सुरक्षा प्रदान करेगी, क्योंकि 4 का अंक वर्ग का अंक है।

यहां तक कि 1967 में स्कूल में प्रवेश लेना और 1976 में स्कूल छोड़ना भी महत्त्वपूर्ण है; क्योंकि इससे पता लगता है कि पहले उसके पास ज्ञान ग्रहण करने का शक्ति अधिक थी और उस ज्ञान को दूसरों तक पहुंचाने की क्षमता कम थी, किन्तु अब उसके पास दूसरों को ज्ञान देने की क्षमता अधिक है और ज्ञान लेने की शक्ति कम है। यह सच्चाई है, क्योंकि 1976 में वह स्कूल की

प्रमुख थी, कक्षाओं पर नियन्त्रण रखती थी और लड़की को उनके लड़कियों के प्रति दुर्व्यवहार पर डांटती भी थी।

इस प्रकार हम अंकों में छिपी भूत, वर्तमान और भविष्य की घटनाओं को जान सकते हैं।

उदाहरण के लिए मेरे मित्र का टेलीफ़ोन नम्बर 58-6249 उसके देहली के इतिहास का पूरा ब्यौरा है।

वह 1949 में देहली आया। 1958 में वह उस विशेष कॉलोनी में गया। 1962 में उसे टेलीफ़ोन मिला।

अंक ज्योतिष का सही ज्ञान तभी प्राप्त किया जा सकता है, जब कोई व्यक्ति जीवन में घटी मुख्य घटनाओं के वर्ष-अंकों पर ध्यान दे, और उन अंकों के आधार पर भूत और वर्तमान का सम्बन्ध स्थापित करे। भूतकाल और वर्तमान काल को जान लेने पर भविष्य का भी अनुमान लगाया जा सकता है।

क्योंकि मुझे अपनी बेटी के भूतकाल और वर्तमान काल का ज्ञान है, इसलिए उसके अंक और रोल नम्बर आदि मेरे ज्योतिष-विज्ञान के अनुसार उसके भविष्य से सम्बन्धित हैं।

अंकों की भाषा – यह बात ध्यान देने की है कि आदिम जातियां अंकों की भाषा के द्वारा ही एक दूसरे से संम्पर्क स्थापित करती थीं। आज विज्ञान और तकनीकी ज्ञान ने कुछ ही वर्षों में हमारे लिए गुप्त अंक-विज्ञान के संकेत और कम्प्यूटर आदि बना दिए हैं।

प्रत्येक अंक की अपनी शक्ति है। आकृति या संकेत द्वारा इस शक्ति की मात्रा की अभिव्यक्ति नहीं होती। प्रत्यक्ष व अप्रत्यक्ष वस्तुओं में गुप्त सम्बन्ध रहता है। अलौकिक ज्ञान का सिद्धान्त है, 'जैस ऊपर से वैसा ही अन्दर से'।

पश्चिम में अंक-विज्ञान का जनक, अंकगणित का महान ज्ञाता पाइथागोरस माना जाता है। मिस्र का अंक-ज्योतिष-ज्ञान यूरोपीय ज्ञान से पुराना है और हिन्दू ज्ञान मिस्र के ज्ञान से भी प्राचीन है। हिन्दू अंक ज्योतिषियों ने ही सबसे पहले अंकगणित, ज्योतिष, अंक ज्योतिष और नक्षत्र विद्या की खोज की। यह ज्ञान भारत से मिस्र और अरब होता हुआ यूरोप में पहुंचा था।

ग्रीक के रहस्यमय और क्रान्तिकारी पाइथागोरस जो कि अंकगणित के ज्ञाता थे, उन्होंने 555 बी. सी. में प्रसिद्धि पाई। इस वर्ष का अंक स्वयं में ही महत्त्वपूर्ण है। यह वर्ष व्यक्ति में क्रान्तिकारी परिवर्तनों का सूचक है। इसी की शुरुआत पाइथागोरस ने की, प्रत्येक विद्यार्थी जो रेखागणित पढ़ता है, वह पाइथागोरस थ्योरम को अवश्य जानता है।

रहस्यमय सृष्टि विज्ञान – अंक ज्योतिष भी सृष्टि विज्ञान की भांति जटिल है। इसके भी गूढ़ सिद्धान्त हैं। आधुनिक अंक ज्योतिषियों ने अंक ज्योतिष और वर्षक्रम से सम्बन्धित संकेतों को काफ़ी सुगम बना दिया है। पाइथागोरस कहता था कि "विश्व अंकों की शक्ति पर आधारित है। आज हम भी इस सच्चाई को मानते हैं। अब तो अंक आपके बैंक के खाते, टेलीफ़ोन, कार, बीमे की पॉलिसी, घर के नम्बर से लेकर पासपोर्ट के नम्बर तक सभी पर नियन्त्रण रखते हैं। गर्भ से लेकर मृत्यु तक हर समय आप अंकों के प्रभाव में रहते हैं।

प्रमुख अंक – आधुनिक काल में 'ओकल्ट फिलोसफी' के लेखक 'कॉर्नलुइस एग्रीप्पा' ने सन् 1533 में सबसे पहले 1 से 9 तक प्रमुख अंकों के रूप में सूची तैयार की। नीचे प्रत्येक अंक का संक्षिप्त परिचय है :

1. एक का अंक; महत्त्वाकांक्षाओं, लड़ाई-झगड़ों और कर्म का सूचक है।
2. दो का अंक; मनोवैज्ञानिक सन्तुलन तथा अच्छाई और बुराई में समन्वय बताता है।
3. तीन का अंक; त्रिकोण की भांति है। यह वर्तमान, भूत और भविष्य का सूचक है। यह योग्यता, कठिन परिश्रम और भाग्योदय का सूचक है।
4. चार का अंक, एक वर्ग की तरह है। यह सुरक्षा का अंक है। इस अंक का महत्त्व व्यावहारिक ज्ञान, सत्य अन्तर्ज्ञान दृढ़ता और धैर्यपूर्वक अपने उद्देश्य तक पहुंचने में है।
5. पांच का अंक; परिवर्तन, यात्रा, साहसिक कार्य तथा क्रान्ति का सूचक है, किन्तु इसका सही-सही पूर्वानुमान लगाना कठिन है।

6. छः का अंक; समानता, विश्वसनीयता तथा दूसरों तक ज्ञान का संचार करने की योग्यता का सूचक है।

7. सात का अंक; रहस्य और गूढ़ ज्ञान का द्योतक है।

8. आठ का अंक; भौतिक सफलता, चिकित्सा में निपुणता, शान्तिदायी गुण तथा सामाजिक अच्छाई का प्रतीक है।

9. यह अंक समस्त उपलब्धियों का द्योतक है।

अन्य अंकों का प्रमुख अंकों में परिवर्तन – प्रमुख अंक प्राप्त करने के लिए अंकों को तब तक जोड़ा जाता है, जब तक कि प्रमुख अंक न बन जाए। जैसे कि:

1 2 3 4 5 6 7 8 9 को लें

अंकों को जोड़ा तो : 1+2+3+4+5+6+7+8+9 = 45

अब : 4+5 = 9

इस प्रकार प्रमुख अंक 9 प्राप्त हुआ।

11 और 22 का अंक – 11 और 22 के अंक अपना ही महत्त्व रखते हैं। यदि अंक जोड़ने पर 11 और 22 आए तो इन्हें और आगे जोड़ने से पहले इनके महत्त्व पर भी ध्यान देना चाहिए। फिर बाद में 1+1 = 2 और 2 + 2 = 4 लीजिए।

13 और 31 को जोड़ने पर भी चार का प्रमुख अंक बनाएंगे, किन्तु इनका महत्त्व 22 (2+ 2 = 4) के अंक के बराबर नहीं है।

11 के अंक में और 22 के अंक में क्रमशः 1 और 2 की दोगुनी शक्ति आ जाती है।

तिथियों का अंकों में परिवर्तन – तिथियों को अंकों में परिवर्तित करने के लिए तिथि, महीने का नम्बर और वर्षांक को जोड़ा जाता है। प्रत्येक महीने का अंक है। जैसे :

जनवरी – 1

फ़रवरी – 2

मार्च – 3

अप्रैल – 4

मई – 5

जून – 6

जुलाई – 7

अगस्त – 8

सितम्बर – 9

अक्टूबर – 10 = 1+0 = 1

नवम्बर – 11 = 1+1 = 2

दिसम्बर – 12 = 1+2 = 3

भारत के स्वतन्त्रता दिवस 15 अगस्त, 1947 को ही लें तो :

अगस्त 15, 1947 = 8 + 1 + 5 + 1 + 9+ 4 + 7 = 35

3 + 5 = 8

आठ का अंक बहुत शक्तिशाली अंक है। यह अंक भौतिक और अलौकिक सफलता का सूचक है, जिसे गांधी जी के नेतृत्व में भारत ने प्राप्त भी किया। आठ का अंक दृढ़ता का अंक है, जो अपनी पूर्णता तक पहुंचता है। गांधी जी का भारत छोड़ो आन्दोलन भी इसी प्रकार का था। यह पूर्णता ही का युद्ध था। यदि आठ को आधा किया जाए तो इसके दो बराबर हिस्से होते हैं (4 + 4) और यदि 4 को पुनः आधा कर दें तो भी दो बराबर हिस्से (2 + 2) होंगे। इस प्रकार यह एक वर्ग है तथा सन्तुलन का सूचक है।

प्रथम विश्व युद्ध – इतिहास की प्रमुख तिथियां अंक ज्योतिष की साक्षी हैं।

11 नवम्बर, 1918 के प्रथम विश्वयुद्ध के बारे में सोचिए, जब कि युद्धविराम पर हस्ताक्षर हो चुके थे और युद्ध के समाप्त होने की आशा थी, किन्तु ऐसा नहीं हुआ।

प्रथम विश्वयुद्ध का अन्त क्यों नहीं हुआ और यह द्वितीय विश्वयुद्ध का आधार क्यों बना?

इस पर ध्यान दीजिए :

11.11.1918

= 1+1+1+1+1+9+1+8 = 23 या 2+3 = 5

पांच का अंक न तो दृढ़ता का अंक है और न ही सन्तुलन का सूचक है। यह परिवर्तन और अनिश्चितता का अंक है। परिवर्तन आगे भी परिवर्तन लाता है। पांच का अंक जोखिम और साहस का अंक है। द्वितीय विश्वयुद्ध से ज़्यादा ख़तरनाक और दुस्साहसी कार्य और क्या हो सकता था? यह एक अस्थायी शान्ति थी, जिससे उतावलेपन के कारण सम्पूर्ण विश्व असुरक्षा से घिर गया।

जन्मांक – जन्मांक प्राप्त करने की विधि भी वही है, जिसके द्वारा स्वतन्त्रता दिवस (15 अगस्त, 1947) और प्रथम विश्वयुद्ध (11 नवम्बर, 1918) के सन्धि दिवस का प्रमुख अंक निकाला था।

उदाहरणार्थ, जन्म तिथि है।

जून 11, 1915 = 6+1+1+1+9+1+5

24 या 2 + 4 = 6

छः का जन्मांक शाश्वत है, जो कि व्यक्ति के जीवन को मृत्युपर्यन्त गतिशील बनाए रहेगा। यह अंक व्यक्ति के चरित्र और भविष्य का निर्माता है।

किन्तु मात्र जन्मांक ही व्यक्ति की क्षमताओं का सूचक नहीं है। यदि ऐसा होता, तो एक ही दिन जन्मे व्यक्तियों का भाग्य भी एक-सा होना चाहिए, जो कि नहीं होता।

जन्मांक तो जन्मजात गतिशीलता का सूचक है। इस अंक को अन्य प्रभावशाली स्थितियों के आधार पर ही देखना चाहिए।

फिर भी जन्मांक का जीवन में विशेष महत्त्व है। अतः अपने जीवन निर्माण में इसकी उपयोगी शक्ति का इस्तेमाल करना लाभदायक होता है।

नामांक – प्रत्येक नाम का भी अंक होता है। अपने नाम को अंग्रेज़ी

वर्णमाला के आधार पर लिखिए और अंकों में बदल लीजिए। उन अंकों को प्रमुख अंकों में बदलकर जो प्राप्त हो, वह नामांक होगा।

अंग्रेज़ी वर्गणणाला के आधार पर अंक इस प्रकार हैं –

1	2	3	4	5	6	7	8	9
A	B	C	D	E	F	G	H	I
J	K	L	M	N	O	P	Q	R
S	T	U	V	W	X	Y	Z	

गाँधी जी के नाम को वर्णों के आधार पर –

M A H A T M A G A N D H I

4 1 8 1 2 4 1 7 1 5 4 8 9

= 4 +1 + 8 +1 + 2 + 4 +1 + 7 +1 + 5 + 4 + 8 + 9 = 55

= 5 + 5 = 10 = 1 + 0 = 1

इसमें आश्चर्य नहीं कि गांधी जी भारत के ही नहीं, अपितु सम्पूर्ण विश्व कें प्रमुख व्यक्ति थे।

नामांक विकसित व्यक्तित्व का सूचक है। यह उद्देश्यों और उपलब्धियों की चाबी है। नामांक सही चरित्र की पूर्ण शक्ति का सूचक है।

जन्मांक और नामांक का एक होना – यदि जन्मांक और नामांक एक हों, तो जीवन में सफलता प्राप्त करने के लिए ये अंक गतिशील शक्ति का काम करते हैं।

निश्चय ही न तो जन्मतिथि बदली जा सकती है और न अंक ही, किन्तु यदि नामांक भी वहीं प्राप्त करना हो, तो नाम में परिवर्तन किया जा सकता है। उदाहरण :

Harminder Singh Sodhi का जन्म 15 जुलाई, 1957 में हुआ। इनका जन्मांक 8 हुआ। किन्तु नामांक 4 हुआ। यदि इसके स्पेलिंग Herminder Singh Sodhi कर दें, तो नामांक भी 8 हो जाएगा। इस तरह A की जगह E कर देने से ही कितना अन्तर पड़ा।

इस तरह A को E में बदलने से ही, 4 अंकों की वृद्धि हो गई। Harminder Singh Sodhi का नामांक 4 और Herminder कर देने से 8 हो गया।

इस प्रकार नामांक को बदलकर जन्मांक के बराबर कर दिया गया। इससे इसकी शक्ति बढ़ गई, क्योंकि 8 का अंक 4 का दोगुना है और 2 का चार गुना। ऐसे व्यक्ति का जीवन शान्त और समाजोपयोगी होना चाहिए।

अंक एक – एक अंक का भी बहुत महत्त्व है, क्योंकि यह तेजस्विता, शक्ति और प्रसिद्धि का सूचक है। यह अंक दृढ़ इच्छाशक्ति, दृढ़निश्चय और सुदृढ़ता का द्योतक है। जिन व्यक्तियों का अंक-ज्योतिष के अनुसार मूलांक एक निकलता है, वे जन्मजात नेता होते हैं। जीवन में गौरव और महानता प्राप्त करते हैं। इनके सामने उच्च आदर्श होते हैं और ये लोग जीवन की तुच्छ दुरूहताओं से बचे रहते हैं।

एक अंक वाले व्यक्तियों में एक साथ बहुत कुछ पा जाने की आकांक्षा रहती है। इससे उन व्यक्तियों को बचना चाहिए। यह आकांक्षा व्यक्ति को जटिल उद्देश्यों तथा महत्त्वाकांक्षाओं में अनावश्यक रूप से फंसा देती है। इससे उनकी उन्नति का मार्ग जटिल हो जाता है।

एक अंक के व्यक्ति को अपनी योग्यता को समाप्त होने से बचाने के लिए अपनी शक्ति और विचारों को सही दिशा देनी चाहिए। ऐसे व्यक्ति को जीवन के उच्च आदर्शों के लिए न्यून महत्त्वाकांक्षोओं का त्याग करना चाहिए। जल्दबाज़ी नहीं करनी चाहिए। उसे योजनाएं बनाकर उन पर चतुराई से चलना चाहिए।

यद्यपि ऐसे व्यक्ति के पास उपलब्धियों के सुअवसर होते हैं; किन्तु उसे अहंकार से बचना चाहिए। ऐसे व्यक्ति को ख़ुदग़र्ज़ और स्वार्थी न बनकर जीवन में उच्च आदर्श रखने चाहिए। जितनी ऊंची महत्त्वाकांक्षाएं होंगी, उतनी ही अधिक सफलता वह प्राप्त करेगा। ऐसा व्यक्ति शक्तिशाली और अक्लान्त होता है; किन्तु उसके चढ़ते सितारे को देखकर कई दुश्मन भी बन जाते हैं; जैसे महात्मा गांधी और अब्राहम लिंकन के कई दुश्मन थे।

एक अंक के व्यक्ति के पास कार्य करने की अद्भुत क्षमता होती है।

उसकी कार्य-दक्षता विभिन्न मार्ग खोजती है । ऐसे व्यक्ति को अपनी शक्ति सही दिशा में लगानी चाहिए। ठीक उसी प्रकार जैसे इतनी बड़ी गाड़ी को इंजन खींचता है। एक अंक का व्यक्ति सही दिशा न पकड़े, तो अपनी शक्ति का दुरुपयोग करता रहेगा। ऐसे व्यक्ति को जुए और सट्टे से बचना चाहिए। पिछली परियोजनाओं में अपने को आगे लाने की ग़लती नहीं करनी चाहिए। दूसरों की ग़लतियों और असफलताओं को अपने सिर ले लेने की आदत से भी बचना चाहिए।

ऐसे व्यक्ति को उन सुअवसरों का सही उपयोग करना चाहिए जो स्वाभाविक रूप में उसे प्राप्त होते हैं।

एक योजना बन जाने पर उसे उस पर अडिग रहना चाहिए। ऐसे व्यक्ति धैर्य वाले और आत्म–निर्भर होते है। ऐसे व्यक्ति दूसरों का अनुसरण करता है और स्वयं क्रियाशील नहीं होता। एक अंक वाला व्यक्ति अत्यन्त धनोपार्जन करता है; किन्तु यदि ठीक समय पर स्वयं पर नियन्त्रण न कर ले, तो अपव्यय भी ख़ूब करता है। उसे महत्त्वपूर्ण निश्चय लेने में जल्दबाज़ी नहीं करनी चाहिए।

अंक दो – अंक दो उज्ज्वल, स्वस्थ और सन्तुलित प्रकृति का सूचक है और ऐसा व्यक्ति प्रसन्नता और उदासी के बीच झूलता है। अंक दो वाले स्त्री और पुरुष स्वाभाविक रूप में ही रात और दिन की भांति होते हैं।

दो मूलांक वाले व्यक्ति प्रत्येक परिस्थिति को सहानुभूतिपूर्वक और सहज रूप में देखते हैं। ये स्वयं ही अपने विचारों को सही या ग़लत नहीं बताते। ऐसे व्यक्ति अस्थिर विचारों के होने की वजह से, किसी भी स्थिति के अन्तिम और निर्णयात्मक रूप में पहुंच पाने में असमर्थ रहते हैं।

ऐसे व्यक्ति स्थिति को संभालते समय आवेग की पराकाष्ठाओं तक तो पहुंच जाते हैं, किन्तु शान्तचित्त नहीं हो पाते। ऐसे व्यक्ति स्वयं को आगे लाने के लिए बढ़ा-चढ़ाकर बातें बनाते हैं। यदि इनका सहयोगी एक मूलांक का हो तो उसके लिए ये अद्भुत परामर्शदाता सिद्ध होते हैं। मूलांक एक और दो के व्यक्ति ठीक सूर्य और चन्द्रमा की भांति हैं। एक अंधियारे को दूर करता है, तो दूसरा अंधेरे में भी चमकता है।

दो अंक के व्यक्तियों की दृढ़ और सन्तुलित व्यावहारिक बुद्धि उन्हें अपने

मित्रों को सामयिक परामर्श देने के योग्य तो बनाती है; किन्तु ऐसे व्यक्ति अपनी समस्याओं पर न तो निश्चयपूर्वक विचार कर सकते हैं और न ही ठीक समय पर ठीक क़दम उठाने का निर्णय ही ले सकते हैं।

दो अंक के व्यक्तियों को वस्तुओं और स्थानों के अनुकूल स्वयं को ढालने का प्रयास करना चाहिए। उन्हें अपने-आपको परिस्थिति के अनुकूल बनाना चाहिए, न कि परिस्थिति को स्वयं के अनुकूल ढालने की कोशिश करनी चाहिए। ऐसे व्यक्तियों को अनिर्णय और पराकाष्ठा से दूर रहना चाहिए। ऐसे व्यक्ति अनावश्यक रूप से सहृदय होते हैं। उन्हें परिस्थिति के अनुसार चलना सीखना चाहिए।

दो अंक का व्यक्ति सही निर्णायक, अच्छा योजनाकार और सही परामर्शदाता होता है। ऐसा व्यक्ति अपनी योजनाओं पर कार्य नहीं करता। अतः उसे ऐसे व्यक्तियों के साथ मिलकर कार्य करना चाहिए, जो उसकी योजनाओं को कार्य रूप दे सकें।

दो अंक वाले व्यक्तियों की भावुकता और संवेदनशीलता से बचना चाहिए। ऐसे व्यक्तियों को दूसरों का अनुसरण करते हुए सही और व्यावहारिक मार्ग अपनाना चाहिए। इन व्यक्तियों से छोटी–छोटी बातों की चिन्ता करने की अपेक्षा मुख्य बातों पर ध्यान केन्द्रित करना चाहिए। व्यर्थ के तर्कों से बचकर अपने कार्य को शान्तिपूर्वक सम्पन्न करना चाहिए।

अंक तीन –अंक तीन वाले व्यक्तियों का मस्तिष्क भी त्रिकोणाकार होता है। जो कि प्रतिभा, चुस्ती और अन्तर्ज्ञान का सूचक है। ऐसे व्यक्ति में बात को जल्दी समझने की, सीखने की और विश्वसनीय ढंग से निभाने की क्षमता होती है।

तीन अंक वाले व्यक्ति योग्य, समर्थ और सहयोगी प्रकृति के होते हैं। ये व्यक्ति स्वस्थ एवं हर्षमय वातावरण तथा दिलचस्प व्यक्तियों के प्रशंसक होते हैं। ऐसे व्यक्ति भूतकाल, वर्तमान और भविष्य का अधिक-से-अधिक उपयोग करते हैं । इन व्यक्तियों में सही समय और स्थान पर सही कार्य करने की क्षमता होती है। ये व्यक्ति सक्षम, धैर्यवान और विश्वसनीय होते हैं। ऐसे व्यक्ति छोटे–छोटे लाभों के लिए दीर्घकालीन और बड़े अवसरों की बलि दे देते हैं। यह एक बुरी आदत है, जिस पर इन्हें नियन्त्रण करना चाहिए।

ये व्यक्ति कला, विज्ञान और खेल जगत में प्रसिद्धि पाते हैं। यदि ये व्यक्ति भले लोगों की राय लें और सही निर्णय लें, तो इनका भविष्य उन्नति की ओर अग्रसर होगा।

अंक चार – चार का अंक समकोण है। अतः अंक चार के व्यक्ति भी जीवन में सुस्थिर तथा निष्कपट रहते हैं। ऐसे व्यक्ति व्यावहारिक होते हैं। और भावुकता से डगमगाते नहीं। ये व्यक्ति नए विचारों को ग्रहण कर लेते हैं, किन्तु उन पर क़दम उठाने से पहले अच्छी तरह सोचते-विचारते हैं। ऐसे व्यक्तियों की विचार-पद्धति और जीवन-पद्धति सुदृढ़ होती है। ये दूसरों के प्रति निश्चल और निष्कपट होते हैं। ऐसे व्यक्ति न स्वयं ग़लत ढंग से फ़ायदे उठाते हैं और न दूसरों को ही उठाने देते हैं।

ये व्यक्ति ईमानदार और विश्वसनीय होते हैं। अपने वायदों के पक्के होते हैं। ये व्यक्ति कठोर व्यक्तियों तथा कठिन परिस्थितियों का धैर्यपूर्वक मुक़ाबला करते हैं। कुंठा इन पर हावी नहीं हो पाती। चार पहियों वाली गाड़ी का उलटना आसान नहीं है। अत्यधिक ईमानदार होने की वजह से ये लोग बेहद ग़रीब हो सकते हैं, किन्तु फिर भी ये अपनी जीवन-पद्धति से पूर्णतया सन्तुष्ट रहते हैं।

चार का अंक सामान्यतः इंजीनियरों, तकनीकी विशेषज्ञों, व्यापार कर्ताओं तथा सफल राजनीतिज्ञों का अंक होता है । ईमानदारी और अथक परिश्रम की वजह से ये व्यक्ति अपनी पहचान बना लेते हैं। इनमें योग्यता, दृढ़ता और क्षमता होती है। आपत्तिकाल में ये धैर्य का परिचय देते हैं। ऐसे व्यक्ति न तो भावुक होते हैं और न तुनकमिज़ाज । ये व्यक्ति जटिल परिस्थितियों का मुक़ाबला सहज रूप में करते हैं।

चार अंक वाले व्यक्तियों के गुणों की मांग तो बहुत रहती है, किन्तु अक्सर ये अपने महत्त्व को सही रूप में समझ नहीं पाते।

अंक पांच – पांच का अंक परिवर्तन, साहस और उत्साह का अंक है। ये व्यक्ति कलाकार होते हैं। इनमें असाधारण और अद्भूत कार्यों को करने की इच्छा बलवती होती है। ये व्यक्ति यात्रा और पर्यटन के प्रेमी होते हैं। ये अपने घरों को छोड़कर बाक़ी सब जगह घर का-सा सुख अनुभव करते हैं। विदेशी भाषाओं पर आसानी से अधिकार पा जाते हैं। अंक पांच के व्यक्ति अच्छे मनोवैज्ञानिक, दुभाषिए और राजदूत सिद्ध होते हैं।

सीधी-सादी सरल जीवन-पद्धति इन्हें प्रिय नहीं है। ये परिवर्तन के प्रेमी होते हैं। ये व्यक्ति अच्छे सेल्समैन सिद्ध होते हैं। ऐसे व्यक्ति ईमानदारी से कार्य करने की अपेक्षा भीख मांगकर गुज़ारा करना पसन्द करते हैं। इसका यह अर्थ नहीं कि ये व्यक्ति ईमानदार नहीं होते हैं, किन्तु ईश्वर में विश्वास नहीं रखते। ये सबसे अधिक ईमानदार हो सकते हैं, किन्तु अपने-आप का प्रदर्शन इन्हें अच्छा नहीं लगता। कुछ उच्च कोटि के साधु और हिप्पी इसी अंक वाले व्यक्ति हैं।

ये व्यक्ति बहुमुखी प्रतिभा के धनी होते हैं तथा ज़िन्दादिल इंसान होते हैं। इन्हें दूसरों को प्रसन्न रखना आता है। इस अंक के व्यक्ति अधिकतर नट, सर्कस वाले, नौटंकी वाले या कलाकार होते हैं।

अविश्वसनीय स्वभाव के होने की वजह से ये व्यक्ति जीवन में अच्छे अवसरों को नज़र अन्दाज़ कर जाते हैं। ये लोग किसी सुअवसर के तात्कालिक लाभ नहीं देख पाते, क्योंकि इनकी निगाहें क्षितिज के पार लगी रहती हैं। इन्हें बुढ़ापे में आने वाली ग़रीबी, कठिनाइयों और भुखमरी से बचाने के लिए अपनी आदतों को सुधारना चाहिए – ये मुसीबतें इनके जवानी के दिनों में ही अमंगल सूचक-सी स्पष्ट दिखाई पड़ती हैं।

पांच अंक वाले व्यक्ति उस समय बहुत निष्ठुर बन जाते हैं, जब वे उन अनुभवों द्वारा प्राप्त चेतावनी का ध्यान नहीं रखते, जो उन्हें बड़ी कीमत चुकाने के बाद प्राप्त हुई हैं। ये व्यक्ति विचारों की, वाणी की और कार्य की स्वतन्त्रता में विश्वास रखते हैं। जो कुछ भी ये सीखते हैं, कड़वे अनुभवों से ही सीखते हैं। इन्हें किसी प्रकार का परामर्श देना पत्थर पर पानी डालने के समान है। परिणामस्वरूप ये अनेक मुसीबतों और कष्टों का सामना करते हैं। इनमें अद्भुत शक्ति होती है। अतः ये पुनः उठ खड़े होते हैं।

परिवर्तन के शोक पर नियन्त्रण कर लेने से इन व्यक्तियों के पास धन कमाने, मित्र बनाने और जीवन में उन्नति करने के अवसर बढ़ जाते हैं, किन्तु कोई दुःसाहसी कार्य किए बिना ये लोग खोए-खोए से रहते हैं और दुनियादारी भी समझ नहीं पाते। इनमें नई चीजों, व्यक्तियों और स्थानों को जानने की उत्सुकता होती है।

यदि ये व्यक्ति अपने कार्य व्यापार में प्रेरणा, उत्साह और विलक्षणता से

काम लें, तो इन्हें प्रत्याशित और अप्रत्याशित परिणाम प्राप्त होंगे; किन्तु ऐसे व्यक्तियों को टस-से-मस करना बहुत कठिन है। ये व्यक्ति जन्मजात सट्टेबाज़ और जुआरी होते हैं। इनके भविष्य का पूर्वानुमान लगा पाना कठिन है।

अंक छः – अंक छः के व्यक्ति संसार को समझते हैं और संसार भी उन्हें अच्छी तरह समझता है। ये व्यक्ति ईमानदार, परिश्रमी, निष्कपट, व्यावहारिक और विश्वसनीय होते हैं। जीवन के प्रति इनका विशाल दृष्टिकोण होता है। समाज में इन्हें प्रेम और प्रतिष्ठा प्राप्त होती है। ये व्यक्ति धैर्यवान होते हैं और मित्रों में समन्वय रखने को उत्सुक रहते हैं।

संसार के प्रति इनकी दृष्टि आशाजनक और उदार होती है। जीवन में अच्छी चीज़ों से इन्हें प्रेम होता है। अपनी मेहनत के प्रतिफल को दूसरों में बांटकर ये प्रसन्न रहते हैं। उच्च पदों और उत्तरदायित्व वाले पदों के लिए इनकी मांग रहती है। जो लोग इन पर विश्वास करके चलते हैं, उनकी कसौटी पर ये खरे उतरते हैं। इनका कार्य ही इनका पुरस्कार भी है। इसके अलावा इन्हें नाम या प्रसिद्धि से कोई लगाव नहीं होता। ये सातोषी जीव होते हैं और जीवन में अपने-आपको बहुत ऊंचा उठाने के इच्छुक नहीं होते हैं। ये उन व्यक्तियों में से नहीं हैं, जिनकी सीमा आकाश है। सन्तोष और तृप्ति ही इनका निराकरण है। इनमें असन्तोष की कमी होती है, जो कि अनन्त सफलताओं का प्रेरक है। प्रत्येक व्यक्ति के प्रति सीधे और सरल होने की वजह से व्यर्थ के आदर्शों में नहीं बहते। इनकी बौद्धिक उत्कृष्टता इनको इनके मित्र की स्वाभाविक सहानुभूति दिलाती है।

छः का अंक जीवन के हर क्षेत्र में सफलता का सूचक है। यह अंक हर काम को उचित समय पर करने का साहस, जागरूकता और आत्मविश्वास पैदा करता है। इन व्यक्तियों के कई मित्र और अनुगामी होते हैं। ये व्यक्ति राजनीति के क्षेत्र में, सामाजिक क्षेत्र में और व्यवसाय के क्षेत्र में लोकप्रिय होते हैं। ये व्यक्ति समाज के नेता होते हैं। उच्च आदर्शों के लिए ये मेहनत करते हैं और उन पर खरे भी उतरते हैं।

अंक छः के व्यक्ति न क्रान्तिकारी होते हैं और न प्रतिक्रियाबादी; किन्तु ये उग्र-सुधारवादी होते हैं। ये लोग अपने कार्यक्षेत्र में सृजनात्मक परिवर्तन लाते हैं। अपने वायदों के पक्के होते हैं। इनके मित्र और अनुगामी इनके शब्दों को

ब्रह्म-वाक्य मानते हैं। ये व्यक्ति लालच, लालसा और महत्त्वाकांक्षा की अपेक्षा ईमानदारी को श्रेयस्कार मानते हैं। ये अपने स्वर्णिम उद्देश्यों की प्राप्ति सच्चाई और पवित्रता के मार्ग पर चलकर करते हैं। 'दया का दीप जलाओ' यही इनकी प्रार्थना रहती है।

अंक सात – सात का अंक रहस्यमय प्रवृत्ति का सूचक है। ठीक उसी प्रकार जैसे हिमखंड (Ice berg) जितना पानी के ऊपर है, उतना ही पानी के नीचे भी। ये व्यक्ति कल्पनालोक में डूबे रहते हैं और उच्चकोटि के कवि प्रमाणित होते हैं। इनकी आदतें बेशक सुधारवादी न हों; किन्तु विद्वतापूर्ण अवश्य होती हैं। आप इनके चेहरों को पढ़ नहीं सकते; किन्तु ये आपके चेहरे पढ़ सकते हैं। ये आपके छिपे हुए स्वभाव को जान जाते हैं और आपके गुप्त उद्देश्यों का विश्लेषण कर सकते हैं। अन्तर्ज्ञान इनकी मानसिकता का महत्त्वपूर्ण भाग है। ये व्यक्ति न केवल रहस्यमय बातों में दिलचस्पी रखते हैं, बल्कि स्वयं भी बहुत रहस्यमय होते हैं। ऐसे लोग मनमौजी होते हैं और कल्पनालोक में खोए रहते हैं।

ये व्यक्ति एकान्तप्रिय होते हैं। एकान्तवास इन्हें अच्छा लगता है। अधिक लोगों का साथ इन्हें नहीं भाता। ये लोग धनलोलुप व्यक्तियों की भीड़-भाड़ से परे रहना चाहते हैं। अमूल्य वस्तुओं के प्रेमी होते हैं। जीवन में विशिष्टता प्राप्त करने के इच्छुक नहीं होते। घोर विवाद से घिरे रहते हैं।

ये व्यक्ति दूसरों की समस्याओं को तो समझते हैं; किन्तु अपनी समस्याओं को नहीं समझ पाते। ऐसा इसलिए होता है, क्योंकि ये व्यक्ति मानवीयता से दूर की दूसरी दुनिया में खोए रहते हैं। ऐसे व्यक्ति अच्छे दार्शनिक, संगीतकार, कलाकार, प्रबन्धक, कवि, मनोरोग चिकित्सक, आलोचक, डॉक्टर और प्रोफ़ेसर आदि होते हैं। अपने व्यवसाय के लिए ही मानो इनकी रचना हुई हो। इनका व्यवसाय ही इनका पुरस्कार है। इस पृथ्वी पर प्रत्येक सुख इन्हें अपने व्यवसाय द्वारा प्राप्त हो जाता है। अपने जीवन में ये भगवद्गीता के इस महान दर्शन को लेकर चलते हैं, "बिना फल की आशा किए कर्म करो।"

अंक आठ – आठ का अंक दो शून्यों से बना है। अतः एक के ऊपर दूसरा शून्य विद्यमान रहता है। ये एक प्रकार से दो चक्र हैं, जो आपस में एक-दूसरे से जुड़े रहते हैं। आठ अंक वाले व्यक्ति आत्मनिर्भर होते हैं। इन्हें

किसी और की सहायता व साथ की आवश्यकता नहीं होती। लोगों को इनकी आवश्यकता रहती है, किन्तु इन्हें किसी की ज़रूरत नहीं ।

ये योग्य व्यापारी होते हैं, जो औद्योगिक एवं आर्थिक रूप में सफलता प्राप्त करते हैं। इन्हें अपनी योजनाओं को कार्यरूप देना आता है। कार्य प्रबन्धक, शासक और संस्था के प्रमुख के रूप में ये सफल रहते हैं। इनमें अद्भुत शक्ति होती है, जिससे ये कार्य सम्पन्न करते हैं। दूसरों से भी जो मांगते हैं, वह इन्हें मिल जाता है।

विरोधी इनकी परियोजनाओं को निरुत्साहित नहीं कर सकते। बल्कि इसके कारण इसमें अधिक परिश्रम करने और उसमें वास्तविकता लाने की होड़–सी लग जाती है। ये व्यक्ति उच्च प्रशासकीय, सैन्य या राजनीतिक वृत्तियों को चुनते हैं।

आज की औद्योगिक सभ्यता में इनकी कार्य निष्पादन योग्यता का अत्यधिक महत्त्व है। ये व्यक्ति विश्वसनीय उद्यमी होते हैं।

ये लोगों को धन और सफलता की तुला पर तौलते हैं। इन चीजों में इनका ख़ुद कोई विश्वास नहीं होता। इनमें धन की लालसा केवल सामाजिक स्तर बनाने मात्र की होती है, जब कि अन्य लोग धन की लालसा भौतिक सुख प्राप्त करने के लिए रखते हैं। अपने पीछे लोगों की भीड़ लगाए रखने से इनका अभिप्राय अस्तित्व और उपलब्धियों की पहचान बनाना है।

आठ का अंक सफलता का सूचक है। यह डालर ($) का भी सूचक है। इस अंक का सन्देश शान्ति, प्रगति और सम्पन्नता है। इस अंक के व्यक्तियों में अत्यधिक ईर्ष्या होती है। यही विध्वंस या विनाश का कारण भी बन जाती हैं। इन्हें विशाल हृदय का होना चाहिए और ऊंचे विचार ही हृदय में लाने चाहिए।

अंक नौ – नौ का अंक सबसे ऊंचा अंक है। यह नेतृत्व के गुणों का सम्मिश्रण है। इनमें बौद्धिकता और सहजता का मेल रहता है। यह शक्तिशाली व्यक्तित्व का सूचक है। इस अंक के व्यक्तियों में कार्य करने और उसमें सफल होने की शक्ति और क्षमता होती है। इन व्यक्तियों की रुचि कलात्मक होती है। अतः मुख्य उद्देश्य को ये सृजनात्मक माध्यमों से पूरा करते हैं। यही प्रवृत्ति

इन्हें नेतृत्व की ओर खींचती है। व्यापार, उद्योग और अर्थशास्त्र में इनकी कोई रुचि नहीं होती।

अंक नौ के व्यक्तियों में आकर्षक गुण होते हैं। ये लोगों को आकर्षित करते हैं और जनहित के कार्य करने के लिए प्रेरित करते हैं। राजनीति, धर्म और समाज-सुधार आदि क्षेत्रों में ये अत्यधिक सफलता प्राप्त करते हैं। ये व्यक्ति अपने गुणों को पहचान नहीं पाते, इसीलिए उन गुणों का सही उपयोग भी नहीं कर पाते।

अंक नौ के व्यक्ति कारीगरी, संगीत, सृजन, आविष्कार जैसे इसी प्रकार के अन्य गुणों से जुड़े होते हैं। इन व्यक्तियों में विशिष्टता और स्वतन्त्रता का पुट रहता है। इनके नेतृत्व में वैशिष्ट्य होता है।

नौ अंक के व्यक्ति सम्मानित व उच्च आदर्शों के लिए कार्य करते हैं। स्वाभाविक गुणों और निपुणता का सही उपयोग इन्हें आता है। उबा देने वाले या उकता देने वाले कार्यों से ये स्वयं को बचाए रखते हैं। गुलामी या मज़दूरी से ये बचते हैं। इसी कारण सफलता के शिखर पर पहुंचते-पहुंचते ये गिर पड़ते हैं।

इनमें दूसरे व्यक्तियों को प्रभावित करने की अद्भुत क्षमता होती है। इसलिए ये दूसरे लोगों को जीवन में कुछ करने के लिए प्रेरित करते हैं। ये सच्चे और सरल होते हैं। उच्च आदर्शों पर खरे उतरते हैं। छोटी-छोटी समस्याओं में इन्हें अपनी शान्ति और धैर्य नहीं खोना चाहिए। इन व्यक्तियों को अभिमान व अतिशयोक्ति से दूर रहना चाहिए। अपने कार्यों से ही इनकी पहचान बनती है।

अंक ग्यारह – अंक ग्यारह में अंक दो के गुणों के अलावा ग्रहण-शक्ति भी होती है। ग्यारह का अंक रहस्यपूर्ण है और अंक दो चन्द्रमा की भांति अद्भुत है। अंक ग्यारह उस समय तक लक्ष्य प्राप्त करने में असन्दिग्ध है और अनिर्णय पैदा करता है, जब तक कि व्यक्ति अपने को पर्याप्त प्रताड़ना न दे ले। यह स्थिति ठीक वैसी ही है जैसो कि चन्द्रमा के लिए रोने वाले बच्चे की होती है।

अंक बाईस – 22 का अंक चार के अंक की सामान्य उदासीन प्रवृत्ति को

रहस्यपूर्ण शक्ति प्रदान करता है। अंक चार के व्यक्ति निश्छल प्रवृत्ति के होते हैं और उत्तेजनाओं व महत्त्वाकांक्षाओं की सीमाओं तक पहुंचते हैं।

अंक 22 के व्यक्तियों में आन्तरिक गुण होते हैं, बाह्य संकटों को अनदेखा करके मर्यादा का उल्लंघन करवाते हैं। यह स्थिति ठीक वैसी ही है, जैसे कि कोयले से सीधे आग और ऊर्जा पाने के बजाय उसे बिजली में बदला जाए।

अंक 22 के व्यक्तियों को अपनी लौकिक इच्छाओं पर नियन्त्रण रखकर दूसरों की भलाई के लिए कार्य करना चाहिए। चार अंक के व्यक्तियों की सीमा पृथ्वी है और 22 अंक के व्यक्तियों की सीमा आकाश है।

अंक चार के व्यक्ति कीट्स कवि की 'नाइटएंजिल' की तरह हैं, जो पृथ्वी से स्वर्ग की ओर जाती है। 22 अंक के व्यक्ति शैली की 'स्काईलार्क' है, जो स्वर्ग से धरती पर उतरते हैं।

नक्षत्र-ज्योतिष

वैज्ञानिक इस बात से काफ़ी सन्त्रस्त हैं कि विश्व में फलित ज्योतिष प्रेमियों की संख्या बढ़ती जा रही है। वास्तव में कई वैज्ञानिक स्वयं भी फलित ज्योतिष की भविष्यवाणी में विश्वास रखते हैं, किन्तु उसे खुलेआम स्वीकार करने से हिचकिचाते हैं।

नक्षत्र-विज्ञान के कई ज्ञाताओं, वैज्ञानिकों और खगोलशास्त्रियों ने तो फलित ज्योतिष की बढ़ती हुई लोकप्रियता के विरुद्ध आवाज़ भी उठाई है। उन्होंने इस नक्षत्र-विद्या की विस्तृत लोकप्रियता को कलंकित किया है।

ऐसा अनुमान है कि मात्र अमेरिका में ही पांच हज़ार के लगभग फलित ज्योतिष के ज्ञाता रह रहे हैं। अमेरिका के एक हज़ार दो सौ से अधिक दैनिक पत्रों में भविष्यवाणी का पृष्ठ रहता है। विश्वविद्यालय के एक तिहाई से अधिक विद्यार्थियों की इसमें दिलचस्पी है और वे इसमें विश्वास भी रखते हैं। जॉर्ज अबेल (George Abell) का कहना है, "मेरे विचार में यही अनुपात सब जगहों पर है और सम्भवतः यह अमेरिकावासियों का ज्योतिष के प्रति आकर्षण का सूचक भी है।"

नक्षत्र-विद्या और नक्षत्र-ज्योतिष – नक्षत्र-विद्या और नक्षत्र-ज्योतिष दो अलग-अलग चीज़ें हैं। नक्षत्र-विद्या वह विज्ञान है, जो सम्पूर्ण ब्रह्मांड के अध्ययन से सम्बन्धित है। नक्षत्र-ज्योतिष वह विज्ञान है, जिसमें नक्षत्रों की सहायता से भविष्यवाणी की जाती है।

जन्म सम्बन्धित नक्षत्र-ज्योतिष का कहना है कि व्यक्ति के व्यक्तित्व, चरित्र और भाग्य पर इन सब बातों का बहुत असर होता है कि उसके जन्म के समय सूर्य, चन्द्रमा और अन्य नक्षत्रों की स्थिति क्या थी और पृथ्वी से उनकी दूरी और दिशा कौन सी थी।

जन्म सम्बन्धी ज्योतिष का आधार जन्मपत्री है, जो कि एक प्रकार का चार्ट है, जिसमें व्यक्ति के जन्म के अनुसार नक्षत्रों की स्थिति बताई गई होती है।

ज्योतिष के अनुसार आपका व्यक्तित्व और लालन-पालन, आपके जन्म समय पर, राशि चक्र में नक्षत्रों की स्थिति पर निर्भर करता है। इसके अतिरिक्त कौन-सा नक्षत्र किस घर में प्रवेश कर रहा था और कौन-सा नक्षत्र किस घर को छोड़ रहा था, कौन-सा नक्षत्र सीमा-रेखा पर था और बाक़ी नक्षत्रों की स्थिति किस कोण पर थी, ये सब बातें ध्यान में रखी जाती हैं।

यदि किसी व्यक्ति का जन्म उस समय में हुआ है, जब कि सूर्य मीन राशि में और चन्द्रमा कुम्भ में था, तो वह व्यक्ति निर्मल स्वभाव का, एकान्तप्रिय और अनावश्यक रूप से कलात्मक रुचि का होगा।

किसी व्यक्ति के जन्म के समय वृश्चिक ऊपर जा रहा हो और मंगल सातवें घर में हो, तो उस व्यक्ति का जीवन या तो बहुत दुःखी होगा या बहुत सुखी। ऐसा अन्य नक्षत्रों की स्थिति पर निर्भर करता है। ऐसे समय में पैदा हुआ व्यक्ति चतुर, चालाक, रहस्यपूर्ण तथा अलौकिकता के प्रति रुचि रखने वाला होगा।

इसी प्रकार बुद्ध नक्षत्र मीन में हो, तो उस समय पैदा हुआ व्यक्ति चंचल और अस्थिर बुद्धि वाला होगा। यदि मंगल मिथुन में हो, तो इस समय पर जन्मा व्यक्ति सहृदय व योग्य होगा तथा बुद्धि और भावना का समन्वय रखकर चलने वाला होगा।

प्रामाणिक नियम – ज्योतिष विज्ञान का आधार कुछ प्रामाणिक नियमों पर आधारित है, जो प्राचीन काल से चले आ रहे हैं।

विश्व की प्रकृति के बारे में ज्योतिष के नियम 3000 वर्ष प्राचीन अनुमानों पर आधारित हैं। पटोलमी ने इन नियमों की संकेत सूची बनाई थी। यह सूची उसकी प्रसिद्ध पुस्तक Tetrabiblos में मिलती है और यह पुस्तक उन परम्पराओं पर आधारित है, जो प्राचीन काल से ही बेबीलोन, मिस्र और ग्रीस में चली आ रही है। इन देशों ने यह ज्ञान भारत से प्राप्त किया था, जिसे कि ज्योतिष का जन्म स्थान माना जाना चाहिए। ठीक उसी प्रकार जैसे कि गणित, हस्त-रेखा शास्त्र, अंक ज्योत्तिष और नक्षत्र विद्या आदि का माना जाता

है। पटोलमी ने यह पुस्तक द्वितीय शताब्दी में लिखी थी। उसने इन नियमों को न्यायोचित आधार देने की भी कोशिश की है।

नक्षत्र-ज्योतिष और धर्म – प्राचीन काल में ग्रीकवासियों ने नक्षत्र ज्योतिष को बहुदेववादी धर्म के साथ जोड़ दिया था। ग्रीक के देवता अमर होने के साथ-साथ मानवीय भी थे। ग्रीकवासियों ने नक्षत्रों को अपने देवताओं वाले नाम तो दिए ही साथ में अनेक गुण भी नक्षत्रों के साथ जोड़ दिए। इसी कारण जहां मंगल क्रूर ग्रह है, वहां बुद्ध शान्त और परिहारकारी ग्रह है।

राशि चक्र में जिस राशि को जिस जीव अथवा मनुष्य का नाम दिया उसी के अनुकूल उन्हें गुण भी दिए। किसी भी प्रकार का नक्षत्रीय प्रभाव नक्षत्रों व राशियों के गुणों के आपस में मिलने का या उनकी स्थिति (धरती से देखने पर) का ही परिणाम है।

इस प्रकार पौराणिक वस्तुओं और देवी-देवताओं का अपने जैसे नाम वाले ग्रहों व नक्षत्रों से महत्त्वपूर्ण सम्बन्ध है।

मौसमों का आधार – मौसम पर सूर्य और चन्द्रमा का प्रभाव बिल्कुल ठीक माना गया है। नक्षत्रों की सामयिक शक्ति का मनुष्य पर भी प्रभाव पड़ता है। इसी प्रकार सूर्य और चन्द्रमा का भी मनुष्य के कर्मों पर अद्दश्य प्रभाव अवश्य पड़ता होगा। उदाहरणार्थ हाल ही में जीवन चक्र और नक्षत्रों की चाल के आपसी सम्बन्धों को जानने के लिए कुछ वैज्ञानिक परीक्षण भी हुए हैं। कई नक्षत्रीय व्याख्याओं को गणित की सीमाओं में भी नहीं बांधा जा सकता।

नक्षत्र-ज्ञान – नक्षत्र-ज्योतिष का अर्थ है, 'नक्षत्र– ज्ञान' और भविष्यवाणी की इस शाखा में नक्षत्रों की सहायता से भविष्यवाणी करने की कोशिश की जाती है। पृथ्वी पर मनुष्य के कर्म आकाश में स्थित नक्षत्रों द्वारा शासित होते हैं। यदि नक्षत्रों का सही ज्ञान प्राप्त हो जाए, तो विश्व की घटनाओं का भी नक्षत्रीय भविष्य बताया जा सकता है।

नक्षत्र-विज्ञान सभी विज्ञानों का जन्मदाता है। मनुष्य की भविष्य की घटनाओं को जानने की उत्सुकता के परिणामस्वरूप ही प्रत्येक विज्ञान का जन्म हुआ है। कई सदियों तक नक्षत्र-विद्या नक्षत्र-ज्योतिष से पिछड़ी रही है। नक्षत्रों का ज्ञान भविष्य जानने के लिए तो किया जाता था, किन्तु विश्व के बारे में ज्ञान बढ़ाने के लिए नहीं किया जाता था।

राशि चक्र के चिह्न-बारह राशि चिह्न हैं, जो पृथ्वी के इर्द-गिर्द एक पट्टी-सी बनाते हैं और ये ही सभी मानवीय कर्मों पर भी नियन्त्रण रखते हैं।

इनमें से प्रत्येक चिह्न का समय एक महीना होता है। नक्षत्र-विद्या के अनुसार 21 मार्च से 20 मार्च तक के समय को एक वर्ष में बांटा जाता है।

प्रत्येक महीने में सूर्य नए चिह्न में प्रवेश करता है, जो व्यक्ति इस काल के अन्तर्गत पैदा हुआ हो, उसका राशि चिह्न भी वही होता है। इस तरह नक्षत्र विद्या के हिसाब से 12 राशियां होती हैं और व्यक्ति 12 राशियों में बंटे रहते हैं। इस नक्षत्र में पैदा हुआ व्यक्ति उस नक्षत्र के गुणों से प्रभावित रहता है। वे राशियां हैं :

1. मेष – 21 मार्च से 20 अप्रैल तक
2. वृषभ – 21 अप्रैल से 20 मई तक
3. मिथुन – 21 मई से 21 जून तक
4. कर्क – 22 जून से 22 जुलाई तक
5. सिंह – 23 जुलाई से 22 अगस्त तक
6. कन्या – 23 अगस्त से 22 सितम्बर तक
7. तुला – 23 सितम्बर से 22 अक्तूबर तक
8. वृश्चिक – 23 अक्तूबर से 21 नवम्बर
9. धनु – 22 नवम्बर से 21 दिसम्बर
10. मकर – 22 दिसम्बर से 20 जनवरी तक
11. कुम्भ – 21 जनवरी से 19 फ़रवरी तक
12. मीन – 20 फ़रवरी से 20 मार्च तक

इसके आधार पर अपनी राशि देख लें और फिर विस्तारपूर्वक बताए गए राशि-प्रभाव के अनुसार अपने व्यक्तित्व और भविष्य का निर्णय करें।

यह नक्षत्र-विद्या का सबसे आसान हिस्सा है और इस समय मैं आपको अन्य विषम समस्याओं में उलझाना नहीं चाहता।

मेष राशि – (उन व्यक्तियों की राशि जिनका जन्म 21 मार्च और 20 अप्रैल के बीच हुआ है।)

मेष राशि राशिचक्र की प्रथम राशि है। यह विज्ञान, संस्कृति, तर्क और नेतृत्व की सूचक है। जो व्यक्ति इस नक्षत्र के अन्तर्गत पैदा हुए हैं, वे तर्क पर आधारित नेतृत्व करते हैं। 21 मार्च और 20 अप्रैल के मध्य जन्मे सभी व्यक्तियों पर इस राशि का शक्तिशाली नक्षत्रीय प्रभाव पड़ता है।

मार्च में सूर्य चन्द्रमा और अन्य नक्षत्रों को साथ लेकर अपनी यात्रा शुरू करता है।

भारत में संस्कृत भाषा का मार्च (चर) दो स्वरों से बना है - 'च' 'र'। ये दोनों स्वर चन्द्रमा और रवि शब्द से लिये गए हैं।

चर का अर्थ गति है और सभी नए महीने गतिशील चिह्नों से प्रारम्भ होते हैं। जैसे – मेष, मकर, तुला और कर्क। संस्कृत में चर (गति) भोजन के लिए भी प्रयुक्त होता है और हमारा भोजन आकाश में सूर्य और चन्द्रमा पर निर्भर है।

पृथ्वी पर सूर्य और चन्द्रमा का प्रतीक आग को माना गया है। अग्नि कर्म स्वरूप है। कर्म कार्य है और उसका स्वरूप ही उसका प्रकार है। मेष अग्नि का सूचक है। अग्नि भूख, प्यास, उपेक्षा, निद्रा, शारीरिक आकर्षण, सेक्स की प्रतीक है। इसलिए मेष राशि वाले व्यक्तियों में से सभी गुण-अवगुण विद्यमान रहते हैं ।

इन व्यक्तियों की उन्नति इस बात पर आधारित है कि वे इन गुणों पर नियन्त्रण करते हैं या नहीं। इनके पराधीन होने का परिणाम कुंठा और असफलता भी हो सकता है।

मेष राशि का देवता है 'कुंज' अर्थात मंगल। यह रोमवासियों का युद्ध का देवता है। इसलिए मेष राशि में पैदा हुए व्यक्तियों की दिमाग़ी बनावट सैनिकों जैसी होती है। जैसे मंगल नक्षत्र देदीप्यमान भविष्य की तरह चमकता है, वैसी ही इस नक्षत्र के अन्तर्गत पैदा हुए व्यक्ति भी प्रसिद्धि पाते हैं। मंगल की इस उत्तेजना को लाभदायक उद्देश्यों में बदला जा सकता है।

भारतीय ज्योतिष विज्ञान के अनुसार मंगल गर्म ग्रह होने की वजह से हानिकारक है और तामसिक वृत्ति का सूचक है। आपको अपनी जीवन रूपी गाड़ी के इस इंजन की गर्मी अर्थात क्रूरता को कम करना होगा।

मेष राशि ऐसे व्यक्ति की प्रकृति की सूचक है, जो देखने में सहृदय, अनुकूल और नम्र हैं। किन्तु होते बहुत क्रूर हैं। मेष राशि के व्यक्तियों की अन्तःप्रेरणा से बचना चाहिए और तत्काल कोई निर्णय नहीं लेना चाहिए। यदि गुस्सा आए, तो उसे पी जाएं। सोच-विचार करें। गुस्से के कारण अपने शान्त स्वभाव को बिगड़ने न दें, जिससे कि किसी प्रकार की हताशा का सामना न करना पड़े।

मेष राशि का प्रतीक मेढ़ा है। मेढ़ा सूर्य का प्रतीक है और सूर्य वसन्त का प्रतीक। वसन्त खुशहाली, तेज़ और प्रेम का प्रतीक है। इस तरह सत्य की अग्नि झूठ को पिघला देती है।

मेष राशि के व्यक्ति के अनुकूल नग नीलम और हीरा है। भाग्यशाली दिन मंगलवार है। शुभ अंक 6 और 7 हैं। लाल रंग और इसके शेड्स इनके प्रिय रंग हैं। सफलता प्राप्ति की सम्भावना बड़े शहरों में है।

मेष राशि में कलह की प्रवृत्ति रहती है। यह सूझ-बूझ ऊर्जा और सोच-विचार की प्रतीक है। इसके साथ-साथ यह नासमझ, खूंखारपन और अहम का नकारात्मक रूप भी है।

मेष राशि के व्यक्ति चंचल और गतिशील व्यक्तित्व के धनी होते हैं। इनका व्यक्तित्व आकर्षक होता है। ये शिष्ट और बुद्धिमान होते हैं। ये व्यक्ति कूटनीतिज्ञ भी होते हैं। ये साहसी धैर्यवान और उद्यमी होते हैं। इनके लिए आराम हराम होता है। और कोई-न-कोई कार्य करते रहते हैं।

इन व्यक्तियों को अनावश्यक जोखिमों से बचना चाहिए। इन्हें अपने स्वप्नों को कर्तव्य में बाधक नहीं बनने देना चाहिए। ये व्यक्ति स्नेही, शालीन और उदार होते हैं, इसलिए कुछ लोग इनसे अनावश्यक लाभ उठा लेते हैं।

ये व्यक्ति स्वभाव से स्वच्छन्द, आक्रामक और दृढ़-निश्चयी होते हैं। इन्हें भावनाओं में नहीं बहना चाहिए। कर्म के साथ बुद्धि से भी काम लेना चाहिए। न्यूनताओं को नज़र अन्दाज नहीं करना चाहिए।

इन व्यक्तियों को अपने कर्म और विचार में समन्वय रखना चाहिए। इनकी सबसे बड़ी कमी, इनका मनोवेग की ओर झुकाव है।

मेष राशि में सूर्य उच्चासीन होता है। चन्द्र, मंगल और गुरु सूर्य के मित्र

हैं। शुक्र और शनि सूर्य के शत्रु हैं। सूर्य के मित्र नक्षत्र इस राशि के व्यक्तियों के लिए लाभदायक हैं और शत्रु नक्षत्र इनके लिए हानिकारक हैं। इनके लिए शुभ दिन हैं रवि, सोम, मंगल और गुरुवार। अशुभ दिन हैं शुक्र और शनि।

सूर्य उस पूर्ण पुरुष की आत्मा है, चन्द्रमा मस्तिष्क, मंगल उसकी शक्ति है, बुद्ध वाणी, गुरु बुद्धि शुक्र कामावसायिता और शनि उसकी पीड़ा है। सूर्य और चन्द्रमा राजा तथा रानी हैं। मंगल सेनाध्यक्ष है, बुद्ध उत्तराधिकारी, गुरु और शुक्र मन्त्री हैं। शनि उसका सेवक है।

इन व्यक्तियों की वृत्तियां नेतृत्व करने वाली होंगी। ये अधीनस्थ नहीं हो सकते। जीवन में अग्रणी भी नहीं होते, किन्तु अग्रणी व्यक्तियों के प्रिय अवश्य होते हैं। द्वितीय स्थान भी आपके लिए नहीं है। अग्रणी होने की चेष्टा व्यर्थ है। इन व्यक्तियों को चाहिए कि दूसरों को उत्तरदायित्व संभालने दें और स्वयं सुख भोगें।

इन व्यक्तियों का अन्तर्ज्ञान इनका मार्ग-निर्देशक होता है। यह ज्ञान इन्हें दूरदर्शी बनाता है और भूतकाल का ज्ञान प्राप्त करने की दृष्टि देता है। ये व्यक्ति सुन्दर शारीरिक गठन वाले और निरोग होते हैं। इन्हें मानसिक तनाव से बचना चाहिए, क्योंकि तनाव लोहे में जंग लगने की ही तरह हानिकारक है।

अपने मस्तिष्क की तरह इन्हें अपने धन का भी सदुपयोग करना चाहिए। ऐसे व्यक्ति पर्याप्त धन कमाते हैं, किन्तु उतने ही खुले हाथों से ख़र्च भी करते हैं। इन्हें जुए और सट्टे से बचकर रहना चाहिए। किसी के साथ मिलकर कार्य नहीं करना चाहिए। अपने कार्य व्यापार के अकेले मालिक होने चाहिए।

कुछ प्रमुख नेता, आविष्कारक और विद्वान इसी नक्षत्र में पैदा हुए हैं। वे व्यक्ति अच्छे शासक, सैनिक और जनरल बनते हैं। इनके बच्चे भी साहसी होते हैं और जोखिम उठाना जानते हैं।

मेष राशि की स्त्रियां महत्त्वाकांक्षी व्यक्तियों के लिए अच्छी पत्नियां सिद्ध होती हैं। स्वाभिमान उनका विशिष्ट गुण है। ईर्ष्या उनका प्रमुख अवगुण है। मेष राशि के व्यक्ति अद्भुत और दृढ़-निश्चयी पति सिद्ध होते हैं।

वृषभ-(21 अप्रैल और 20 मई के मध्य जन्मे व्यक्तियों के लिए)

वृषभ नक्षत्र में पैदा हुए व्यक्तियों के मस्तिष्क और हृदय पर शुक्र का राज्य

रहता है। यह प्रेम और सौन्दर्य का प्रतीक है। बैल का चिह्न प्रजननशील व्यक्तियों को दर्शाता है। इसकी प्रतिभा का सूचक काम है। इसके बैल की भांति दो सींग होते हैं। मिस्रवासियों का पवित्र बैल एपिस भी वृषभ का ही एक रूप है। वृषभ पूर्ण पुरुष के कान, गर्दन और गले के क्षेत्र का सूचक है। इसीलिए इसे शान्ति और धैर्य का सूचक भी माना जाता है। इस राशि के व्यक्ति केवल बातें ही नहीं बनाते, बल्कि मानवहित के कार्य भी करते हैं।

भारतीय ज्योतिष में शुक्र का सूचक पानी को माना गया है। यह मुख, जिह्वा, कामांग और वीर्य का प्रतीक है।

इस राशि के व्यक्ति के लिए नीलम लाभदायक नग है। शुभ दिन शुक्रवार है और भाग्यशाली अंक 1 और 9 हैं।

लाभदायक रंग नीला है।

शान्त जगहों पर सफलता प्राप्ति का धोतक है।

वृषभ राशि के व्यक्ति का स्वभाव स्त्रियोचित होता है। शुक्र तारा कभी सुबह का तारा बन जाता है, तो कभी रात का। यह इस बात का सूचक है कि बड़े-बूढ़े और बच्चे सभी शुक्र के प्रभाव में रहते हैं। किसी भी आयु के स्त्री अथवा: पुरुषों को सुन्दरता आकर्षित करती ही है।

बुद्ध नक्षत्र शर्मीला और कपटी नक्षत्र है, किन्तु शुक्र के बारे में ऐसा कुछ भी नहीं है। अपनी योग्यता का इन्हें सही भान होता है। शुक्र नक्षत्र विश्व ग्लोब का मध्य है। शुक्र और पृथ्वी नक्षत्रीय प्रभावों के अधीन आपस में जुड़े हुए हैं। इस वजह से पृथ्वीवासियों पर सौन्दर्य का विशेष प्रभाव रहता है। जैसे हम भोजन के बिना ज़िन्दा नहीं रह सकते, उसी प्रकार सौन्दर्य के बिना जीवन व्यर्थ है। जीवन के प्रत्येक क्षेत्र में शुक्र नक्षत्र का महत्त्वपूर्ण योगदान है। सौन्दर्य की भूख भी जीवन में भोजन की भूख की भांति आवश्यक है।

हथेली पर अंगूठे के नीचे शुक्र का पर्वत होता है। हस्तरेखा-विज्ञान में इस पर्वत का अन्य पर्वतों की अपेक्षा विशिष्ट महत्त्व है। विलियन जी. बेनहम का कहना है, "यदि यह पर्वत स्पष्ट गहरे रंग का और अनेक रेखाओं वाला हो, तो यह अनावश्यक रूप में बढ़ा हुआ पर्वत है और ऐसे हाथ वाले व्यक्तियों में शुक्र के गुणों की बहुतायत रहती है।"

जिन व्यक्तियों के हाथों में शुक्र पर्वत हो वे स्वस्थ, प्रसन्नचित्त और विकसित मस्तिष्क के होते हैं। जीवन के प्रति उनमें रुचि होती है। इन्हें श्रेष्ठ जीवन आकर्षित करता है। न्यूनताओं के प्रभाव से इन्हें बचकर रहना चाहिए। शुक्र नक्षत्र प्रेम, सहानुभूति और सहृदयता का सूचक है। यह प्रेम और उत्साह प्रदान करना है, शुक्र का महत्त्वपूर्ण गुण आकर्षण है।

वृषभ राशि के व्यक्ति सुन्दर, मनमोहक और आकर्षक व्यक्तित्व वाले होते हैं। इनमें हास्य-व्यंग्य की पकड़ होती है। प्रेम, आकर्षण और शालीनता इनके स्वाभाविक गुण हैं।

वृषभ राशि के व्यक्ति जहां कोमलता की आवश्यकता हो, वहां वे रूखे होते हैं। संस्कारहीन व्यक्तियों के साथ ये असभ्यता से पेश आते हैं। ये स्वेच्छाचारी होते हैं। अक्सर ये व्यक्ति निष्क्रिय, आकर्षणहीन और उत्साहहीन लगते हैं। इनका अहम इन पर शासन करता है।

वृषभ नक्षत्र का स्वभाव और चरित्र ठीक वैसा ही है, जैसे मौसम का यह सूचक है। इसमें सौन्दर्य, संस्कृति, प्रेम, सहानुभूति और मोहकता के प्रति आकर्षण है।

वृषभ राशि के स्त्री और पुरुष दूसरों की भलाई के लिए तत्पर रहते हैं।

वृषभ राशि के व्यक्तियों में क्षमताओं का विकास शानदार रूप में होता है। ये अपना रंग और ख़ुशबू फैलाते हैं। ईमानदारी, सद्भाव और विश्वसनीयता का प्रदर्शन करते हैं। अपने आत्मारूपी मन्दिर में किसी हीन व तुच्छ भावना को पनपने नहीं देते।

इन व्यक्तियों में नियमित रहने और विधिवत कार्य करने की अद्भुत क्षमता रहती है। इनमें आलस्य होता है, जो इनके गुणों को दबा देता है। इनमें साहस, सहनशीलता और धैर्य रहता है। इन गुणों का अपव्यय नहीं करना चाहिए। इन्हें अपनी कल्पना पर क़ाबू रखना चाहिए। कल्पना में स्वयं को डुबो नहीं देना चाहिए।

अपनी प्रेरणा को व्यर्थ न खोइए। आपकी शक्ति और प्रभाव दूसरों की सेवा करने का माध्यम है। ये स्वयं निष्ठावान होने के कारण दूसरों से निष्ठा की अपेक्षा रखते हैं। एक बार किसी को अपना मान लेने पर सदा निभाते हैं।

"वृषभ राशि का सामान्य व्यक्ति तभी तक भला है, जब तक कि उसे नाराज़ न किया जाए, किन्तु एक बार सही या गलत नाराज़ कर दिया, तो फिर वह बहुत ज़िद्दी और उच्छृंखल बन जाता है।"

इन व्यक्तियों के गरदन, गले और कानों में कष्ट रहता है। इनका इन्हें विशेष ध्यान रखना चाहिए, क्योंकि इलाज से सावधानी भली। आवाज़ में तनाव न लाएं। खाने-पीने के मामले में सावधान रहें। अधिक न खाएं।

वृषभ राशि का बालक स्वतन्त्र और निर्बन्ध प्रकृति का होता है। अनावश्यक बाधा से घृणा करते हैं। उत्तेजित किए जाने पर जल्दी ही गुस्सा हो जाते हैं। लाड़-प्यार में पलने के कारण दूसरों की बराबरी करने लगते हैं।

वृषभ राशि के बालकों में सामान्यतः फोड़े-फुंसी, अशुद्ध रक्त तथा टांसिल की बीमारियां होती हैं। अधिक पौष्टिक भोजन से इन्हें बचना चाहिए।

वृषभ राशि की स्त्रियां अन्य राशियों की स्त्रियों की अपेक्षा अधिक विश्वसनीय होती हैं। ये तलाक़ में विश्वास नहीं रखतीं। अपने पति को बर्बादी की ओर ले जाने की अपेक्षा ये कठिनाइयां सह लेती हैं।

वृषभ राशि के पुरुष प्रेमी पति और पिता सिद्ध होते हैं। कामाग्नि को शान्त करने के लिए इनमें बैल जैसी प्रवृत्ति होती है। अपने बच्चों व पत्नी को प्यार करते हैं।

वृषभ राशि के व्यक्ति सिनेमा, फ़ोटोग्राफ़ी, थियेटर, सर्कस और नाटक आदि के व्यवसाय में सफल रहते हैं।

एकान्तवास और ऐश्वर्य के प्रति लगाव वृषभ राशि के व्यक्तियों को अपव्ययी बनाता है। यह ऐसी प्रवृत्ति है, जिससे बचना चाहिए। इन्हें सट्टे, जुए और पैसा लगाने की योजनाओं से बचना चाहिए और भले कार्य करने चाहिए। धन धीमी गति से कमाएं तो अच्छा है।

वृषभ राशि के व्यक्तियों का सामाजिक जीवन क्रियाशील होता है। इन्हें मित्र बनाने का शौक़ होता है। ये मित्रों के प्रति ईमानदार होते हैं। किन्तु मित्र इनकी कसौटी पर खरे नहीं उतरते।

मिथुन – (21 मई से 21 जून के बीच पैदा हुए व्यक्तियों के लिए)

मिथुन राशि मैत्री, समाज, प्रेम, सच्चाई, जोश और धर्म की प्रतीक है।

मिथुन कस्तूरी और 'द्वितीय मिथुन' अथवा जुड़वां राशि है। यह राशि-चक्र की तीसरी राशि है।

मिथुन युग्म है, अतः ऐसी स्त्री या पुरुष दुविधा में रहता है। इनमें दो व्यक्तियों की भांति दिमाग़ होता है। दोगुना सौभाग्य इन्हें प्राप्त होता है। यह कहावत भी है कि एक से दो भले।

मिथुन राशि में दो शक्तियां काम करती हैं उच्च और निम्न। इनमें आत्मा-शरीर, देवता-दानव, स्वर्गलोक-मृत्युलोक, परमात्मा और शैतान तथा अलौकिकता व लौकिकता का समन्वय होता है।

मिथुन राशि के व्यक्ति अक्सर अपनी प्रवृत्तियों की ही लड़ाई लड़ते रहते हैं। यदि ये अपनी इस लड़ाई को जीत लें, तो विश्व विजय कर लें। वास्तव में स्वयं को जीतने वाला ही विश्व को जीत सकता है, किन्तु हार के आसार अधिक रहते हैं।

यह आवश्यक है कि उच्च और निम्न दोनों शक्तियां मिलकर कार्य करें। उच्च शक्तियों को निम्न शक्तियों के साथ तालमेल रखना चाहिए।

मिथुन राशि के व्यक्तियों को समाज मैत्री और प्रेम दिव्य रूप में प्राप्त होते हैं। कठोर परिश्रम, परेशानी, विपत्ति और पीड़ा के पश्चात ही ये लोग शान्ति और सुख प्राप्त करते हैं। मिथुन राशि के व्यक्ति लाभ उठाने की दृष्टि से कोई कार्य नहीं करते। धन उपार्जन के लिए इन्हें धन की आवश्यकता नहीं पड़ती किसी विशेष कारण के पीछे ये अपनी जान की बाज़ी भी लगा देते हैं।

हेनरी वोन डाइक के कथनानुसार, "चरित्र का सही इम्तहान प्रसन्नता है, क्योंकि जिससे आप प्रसन्न हैं, उसे आप प्यार भी करते हैं और जिससे आप प्यार करते हैं वैसे आप स्वयं भी हैं।"

मिथुन राशि के व्यक्तियों में देवता और शैतान दोनों ही विद्यमान रहते हैं। उच्च आदर्शों के लिए ये अपनी सीमा से अधिक कार्य करते हैं। अपने से पहले दूसरों की सेवा ही इनका आदर्श है। ये मृदु और शिष्ट स्वभाव के होते हैं। इनकी आत्मा में छल-कपट नहीं होता तथा ये दिमाग़ से सोचते और हृदय से अनुभव करते हैं। धर्म और अलौकिकता के प्रति इनमें आकर्षण रहता है। समभाव में विश्वास रखते हैं। चिन्तन इनके ख़ून में होता है।

मिथुन राशि के व्यक्ति कविता और कला के प्रेमी होते हैं। ये प्रसिद्ध कवि और कलाकार बनते हैं। इनका स्वभाव सादा होता है। इनके जीवन का नियम है, साधारण जीवन और उच्च विचार। स्पष्ट वक्ता होते हैं और जीवन में कुटिलता से घृणा करते हैं। दृढ़ चरित्र के व्यक्ति होने के कारण संकटावस्था में भी मित्र का साथ देते हैं।

पढ़ाई में रुचि होने के कारण अध्ययनशील होते हैं। पत्रों व साहित्य से प्रेम करते हैं। छात्रवृत्तियां प्राप्त करते हैं। बुद्धिमान और कुशाग्र बुद्धि होते है। अशिक्षित होने के बावजूद विद्वान होते हैं। इनके अशिक्षित रह जाने की सम्भावना कम होती है, क्योंकि अध्ययनशील होने के कारण स्कूल न जाने पर भी बहुत-सा ज्ञान बटोर लेते हैं।

मिथुन राशि के व्यक्ति विशुद्ध रूप से आत्म-बलिदानी होते हैं। पूजा उनका कर्म है और कर्म ही पूजा है। भगवत् गीता के सिद्धान्त में विश्वास रखकर कर्म किए जाते हैं। नीरस भौतिकवाद इन्हें आकर्षित नहीं करता। मिथुन राशि वाले व्यक्ति अलौकिक रूप से ऊंचे होते हैं, किन्तु भौतिक रूप में पीछे रह जाते हैं। आदर्शवाद के कारण कुंठा की लम्बी यातना भोगनी पड़ती है, जैसे पृथ्वी में दबे बीज को अगले साल की वर्षा तक इन्तज़ार करना पड़ता है।

सच्चाई के इन योद्धाओं को ग़लतफ़हमी का शिकार बनना पड़ता है। इनमें उत्साह रूपी बिजली की चमक और कड़क होती है, फिर निराशाओं रूपी बादलों का घेराव हो जाता है, जो बाद में आंसू रूपी बारिश में बदल जाता है। यही बात इन्हें ज़रूरतमन्दों की सहायता भी नहीं करने देती।

मिथुन राशि के व्यक्तियों को सुगमता से हतोत्साह और निराश किया जा सकता है, इनकी भलाई महानता और श्रेष्ठता का ह्रास हो जाता है। मृत्यु के पश्चात ही इनका सम्मान होता है।

मिथुन राशि के व्यक्तियों को आसानी से ठगा जा सकता है, धोखा दिया जा सकता है और उल्लू बनाया जा सकता है। एम. द् विलार्स के साथ ये लोग भी कह सकते हैं, "हे ईश्वर! मेरी मेरे मित्रों से रक्षा करो। दुश्मनों से तो मैं स्वयं ही रक्षा कर लूंगा।"

मिथुन राशि के व्यक्तियों को विभिन्न कार्यों में नहीं फंसना चाहिए। वायदे कम-से-कम करने चाहिए, जिससे वे असफलता, कुंठा, गिरावट और अचानक

नाश से बच सकें। इन्हें हर जगह अपनी टांग नहीं फंसानी चाहिए।

इस राशि के व्यक्तियों को कोई काम हाथ में पकड़ने से पहले ख़ूब सोच-विचार कर लेना चाहिए। अचानक निर्णय नहीं लेने चाहिए। इन्हें आगा-पीछा सोचने का समय ले लेना चाहिए। इन्हें सोना चाहिए, उलझनों के साथ, किन्तु उठना चाहिए, हल निकलने के बाद।

अपने स्वप्नों और योजनाओं के आर्थिक पक्ष पर भी ध्यान रखिए। यही आपकी कमज़ोरी है। धनाभाव के कारण आपकी योजनाएं धरी रह जाती हैं। पहले अपनी भलाई करके तभी दूसरों के बारे में सोचो।

ऐसे व्यक्तियों को कम मित्र बनाना चाहिए और उन्हीं से मैत्री दृढ़ करनी चाहिए। मित्रों की बहुलता आपकी बर्बादी का कारण है, वे इनको कोई लाभ नहीं पहुंचाते, बल्कि इनके धन और समय का दुरुपयोग ही करते हैं। इनके जितने कभ मित्र होंगे उतना ही अच्छा रहेगा। जब इनकी जेबें ख़ाली हो जाती हैं, तो मित्र भी ग़ायब हो जाते हैं।

मिथुन राशि के व्यक्ति महान लेखक, विचारक, अध्यापक, साहित्यमर्मज्ञ और अध्ययनशील होते हैं। ये उत्तम ऋषि, साधु और सन्त सिद्ध होते हैं। सोचना और लिखना इनकी जन्मजात विशेषता है। ये मनुष्य की भलाई के लिए कार्य करते हैं।

ये व्यक्ति महान और परोपकारी राजा, मन्त्री, शासक सलाहकार और परामर्शदाता होते हैं।

कुछ महान व्यक्ति जिनकी राशि मिथुन थी वे ये थे:

वी. डी. सावरकर	(मई 28)
थॉमस हार्डी	(जून 2)
जॉर्ज स्टीफन्सन	(जून 9)
सर एडविन आरनोल्ड	(जून 10)
जॉन वेसले	(जून 17)
जूलिया वार्ड ही	(मई 27)

मिथुन राशि के व्यक्ति भावुक होते हैं। ये थोड़े से अपमान के डर से बड़े-से-बड़े लाभ को छोड़ देते हैं। इनमें दूरानुभूति शक्ति होती है। कई मील दूर बैठे व्यक्ति क्या सोच रहे हैं, वे यह बता सकते हैं। भावनाओं पर नियन्त्रण करके कार्य करते हैं। भावुक होते हैं और अच्छी वस्तुओं की ख़ूब प्रशंसा करते हैं।

ये व्यक्ति प्रत्येक वस्तु के बारे में थोड़ी-बहुत जानकारी तो रखते हैं; किन्तु पूरी तरह किसी भी चीज़ को नहीं जानते। परिणामस्वरूप ये किसी भी क्षेत्र में निपुणता प्राप्त नहीं कर पाते।

सृजनात्मक प्रकृति के होते हैं। अन्तःप्रेरणा की अपेक्षा बाह्य प्रेरणा से प्रेरित होकर कार्य करते हैं। ये व्यक्ति अच्छे कलाकार, संगीतज्ञ, लेखक और विचारक होते हैं। रुकावटों के बावजूद अपने वायदों पर पूरे उतरते हैं।

मिथुन राशि के व्यक्तियों के लिए भाग्यशाली दिन शुक्रवार है, किन्तु यदि वे 21 मई और 31 मई के बीच पैदा हुए हों।

1 जून और 21 जून के मध्य पैदा हुए व्यक्तियों के लिए भाग्यशाली दिन शनिवार है।

मिथुन राशि के व्यक्ति भोजन की अपेक्षा हंसी-मज़ाक़ में विशेष रुचि रखते हैं। यदि वे किसी को पसन्द नहीं करते, तो उसके द्वारा बनाए गए व्यंजनों की भी प्रशंसा नहीं करेंगे।

मिथुन राशि पर बुद्ध नक्षत्र का शासन होता है। बुद्ध ग्रह के सभी प्रभाव उनके लिए अनुकूल होते हैं।

इनका प्रिय रंग पीला है। यह उनके स्वास्थ्य के लिए भी लाभदायक है।

कर्क - (22 जून और 22 जुलाई के बीच जन्मे व्यक्ति)

कर्क राशि पर चन्द्रमा शासन करता है। यह समय 22 जून और 22 जुलाई के बीच का होता है। चन्द्रमा शरीर में छाती, फेफड़ों, रक्त तथा पानी के अंगों का सूचक है।

चन्द्र और शुक्र को ज्योतिषशास्त्र में भी पानी का द्योतक माना गया है। शरीर में पानी श्वास लेने, ख़ून, पेशाब और वीर्य तथा पसीने के रूप में रहता है।

कर्क राशि दृढ़-निश्चय की सूचक है। केकड़ा इसका प्रतीक है। केकड़ा आगे बढ़ने के लिए पहले पीछे हटता है। वैसा ही स्वभाव इस राशि के व्यक्तियों का भी होता है, वे भी आगे बढ़ने की शक्ति बटोरने के लिए पीछे हटते हैं।

कर्क राशि जीवन शक्ति की सुगन्ध है। विश्व-मां के स्तूप में छाती पर कर्क का चिह्न है, जिसे एक महत्त्वपूर्ण स्थिति माना जाना जाता है। कर्क पूर्ण पुरुष के प्रमुख अंगों का भी सूचक है। यह मनुष्य की श्वास और पाचन प्रक्रिया का सूचक है। अलौकिक व जीवनयुक्त सुगन्धियों पर इसका चुम्बकीय प्रभाव रहता है।

कर्क राशि के व्यक्तियों पर भी चन्द्रमा का नियन्त्रण रहता है। Karkitaka का राजा चन्द्रमा है। इन व्यक्तियों का प्रान्त कल्पना-लोक है। यह कल्पना इन्हें भविष्यवाणी की योग्यता देती है, जिससे ये भविष्य की घटनाओं को चलचित्र की भांति स्पष्ट देख लेते हैं। कल्पना का आनन्द ये स्वयं तो लेते ही हैं, साथ में दूसरों को भी देते हैं। इससे इनकी कल्पना और भी सुदृढ़ हो जाती है।

Karkitaka जिन वृत्तियों का सूचक है, वे भाषा और साहित्य, भाषा वैज्ञानिक या दुभाषिया, अनुवादक, उपन्यासकार, कहानीकार, कवि और नाटककार में से कोई भी हो सकता है। ये किसी चरित्र को मन की आंखों से देखकर और कल्पना के कपड़े पहनाकर वास्तविक बना देते हैं।

कर्क राशि का व्यक्ति लम्बा और थुलथुला मांस वाला, मोटी टांगों और लम्बे पैरों वाला होगा। ताक़तवर भी होगा। उसका शरीर गुदगुदा होगा। इन व्यक्तियों का सिर गोल, मोटी आंखें और माथा नीचा होगा। इनके बाल मोटे और घने होंगे। ये व्यक्ति ग़ौर वर्ण होंगे।

चन्द्र द्वारा शासित कर्क राशि के व्यक्ति, स्वप्नों में खोए रहते हैं और इनका दृष्टिकोण अवास्तविक और अतीतदर्शी होता है। इनकी आंखों में भी कालरिज कीट्स और शैली की आंखों जैसे स्वप्न सजे रहते हैं। ये व्यक्ति विषादमय और अन्धविश्वासी होते हैं।

कर्क राशि के व्यक्ति पानी के शौक़ीन होते हैं। लहरों की तरंग तथा तूफ़ान का शोर व गर्जन इन्हें प्रिय होता है। पानी के क्षेत्रों के पास रहते हैं तथा अच्छे नाविक भी होते हैं।

कर्क अलौकिक और मानसिक शक्तियों के सामंजस्य का सूचक है। यह अपने उद्देश्य की खोज में डूबे रहने का भी द्योतक है।

कर्क पानी के उद्भव का त्रिभुज माना गया है। यह किनारे का भी सूचक है, क्योंकि यह केकड़े का घर होता है। ये महान भावनात्मक शक्तियों का प्रतिबिम्ब है। ये व्यक्ति औसत प्राणी तथा उदासीन प्रकृति वाले होते हैं। इनमें प्रेरणात्मक शक्ति विद्यमान होती है। जीवन के उच्च धरातल पर ये कार्यरत रहते हैं।

कर्क राशि वालों का भाग्यशाली नग मुक्ता या चन्द्रमणि है। ये नग इनकी सहायता करते हैं, जिससे ये दूसरों पर शक्तिशाली और लाभदायक प्रभाव डाल सकते हैं।

कर्क राशि का भाग्यशाली दिन सोमवार है।

भाग्यशाली अंक 8 और 5 हैं।

पानी के पास के क्षेत्र सफलतादायक होंगे।

कर्क राशि के व्यक्तियों में रहस्यपूर्ण सम्मोहन रहता है। इन्हें स्वयं पर गर्व होता है। व्यर्थ के सम्मान में फंसे रहते हैं। ये आत्मकेन्द्रित और अहंकारी होते हैं।

इनमें आत्माभिव्यक्ति की कला होती है, जिसे ये और भी निखार सकते हैं। इनके चुप लगा जाने से अक्सर ग़लतफ़हमी हो जाती है।

इनके मस्तिष्क में भावनाओं के प्रतिबिम्ब होते हैं। भावनाओं की गहराई में डूबे रहते हैं। इनकी भावनाओं को ठेस भी जल्दी ही पहुंचती है। जब इन्हें चोट पहुंचती है, तब इन्हें अपनी भावनाओं को छिपाने का प्रयास करना चाहिए।

ये व्यक्ति अच्छा विचार-विमर्श कर सकते हैं, किन्तु शान्त प्रकृति के होने के कारण इन्हें आत्माभिव्यक्ति की कला को उभारना चाहिए। जब इनसे किसी बात पर इनकी राय पूछी जाए, तो इन्हें स्पष्ट रूप में अपनी राय बता देनी चाहिए। यह अपनी अन्त:प्रेरणा के द्वारा प्रश्न पूछने वाले के दिमाग़ और उसके उद्देश्य तक को जान सकते हैं। ये सच्चाई और कल्पना में अन्तर कर सकते हैं।

इनकी इच्छाशक्ति और स्पष्ट दृष्टि कठिनाइयों को पार करने में इनकी

सहायक होती हैं। ये सहनशील और धैर्यशाली बन सकते हैं।

कर्क राशि के व्यक्ति आवश्यकता से अधिक नाज़ुक और भावुक होते हैं। अनावश्यक ईर्ष्या से इन्हें अपने-आप को बचाना चाहिए। जल्दी ही दुखी न हो जाएं। छोटी-छोटी बातों को मन से न लगा बैठें।

कई व्यक्ति आपकी ओर आकर्षित होंगे, किन्तु ध्यान रखिए कि जिन मधुमक्खियों को आप शहद पिला रहे हैं, वे सभी विश्वसनीय नहीं हैं। वे मधुमक्खियों की अपेक्षा ततैये हैं।

कर्क राशि के व्यक्तियों को निम्न व्यवसायों में से कुछ चुनना चाहिए :

(1) वितरक (9) यन्त्र विद्या (3) इंजीनियर (4) भोजन व्यवस्थापक (5) होटल मैनेजमेंट (6) शिक्षा (7) नौपरिवहन (8) निर्देशन (9) दन्त चिकित्सा (10) शल्य चिकित्सा (11) औषधि-विज्ञान (12) वकालत।

कर्क राशि के व्यक्तियों की क्षमता, सर्जनात्मक शक्ति और कलात्मक योग्यता होती है। काफ़ी धन कमा लेते हैं, किन्तु जुए और सट्टे की आदतों से इन्हें बचकर रहना चाहिए।

सिंह - (जुलाई 28 और अगस्त 22 के बीच जन्मे व्यक्ति)

सिंह राशि पूरे राशि-चक्र का सिंह है। राशि-चक्र की यह पांचवीं राशि है। 23 जुलाई और 22 अगस्त तक के समय की सूचक है। मज़बूती, धैर्य और आग की प्रतीक है।

पूर्ण पुरुष के हृदय का प्रतीक सिंह है। मानव मात्र के रक्त प्रवाह का प्रमुख अंग हृदय ही है। इसे विश्व का अग्नि-भंवर भी माना जाता है।

सिंह राशि के व्यक्ति शारीरिक बनावट की अधिक शक्ति के लिए प्रसिद्ध हैं। बीमारी के ख़िलाफ़ इनमें अद्भुत आरोग्यप्रद शक्ति होती है। सिंह सूर्य का सूचक है। सूर्य पर्वत तीसरी अंगुली के नीचे होता है। सूर्य को अपोलो भी कहा जाता है। सूर्य राशि के व्यक्ति ओजस्वी, प्रसन्नचित्त सदय और आकर्षक होते हैं। योग्यता और बहुमुखी प्रतिभा इनके प्रमुख गुण हैं। सौन्दर्य-प्रेमी होते हैं और जिनके हाथ का सूर्य पर्वत बढ़िया हो, उनमें कलात्मक योग्यता भी होती है। सुन्दर और कलात्मक वस्तुएं इन्हें आकर्षित करती हैं।

सिंह हृदय की सहानुभूति का सूचक है। सहृदयता इन पर हावी रहती है। इनमें विशेष आकर्षण शक्ति होती है।

सिंह राशि के व्यक्तियों का भाग्यशाली नग माणिक है। यह सिंह राशि के व्यक्तियों को बीमारी से बचाने के लिए कवच का काम करता है।

इनका शुभ दिन रविवार है।

भाग्यशाली अंक पांच और नौ हैं।

भाग्यवर्द्धध रंग सुनहरी और सन्तरे जैसा है।

खुले स्थान इनके लिए शान्ति, उन्नति और सम्पन्नतादायक हैं।

नेतृत्व की भावना इनमें भी होती है, संवेदनशील और प्रभावशाली शैली इनकी धरोहर है, जो इन्हें सफलता प्रदान करती हैं।

सिंह राशि के व्यक्ति ईमानदार, निष्ठावान और विश्वसनीय होते हैं। इनकी जीवन-पद्धति सही और गौरवशाली होती है। ये ज़िंदादिल और खुशमिज़ाज प्रकृति के होते हैं। दूसरों के प्रति शालीन और सहानुभूतिपूर्ण होते हैं। इनमें भय नाम मात्र को भी नहीं होता। इनका व्यक्तित्व शक्तिशाली, गतिशील और नेतृत्व करने वाला होता है।

सिंह राशि के व्यक्तियों की निरीक्षण-शक्ति तीखी होती है। अनुभूति तीव्र होती है। अपने चिन्तन में लीन रहते हैं। सही विश्लेषणात्मक शक्ति होती है। प्रेम के मामले में ये भावनाओं के अधीन होते हैं और तर्क या न्याय के मामले में असहाय सिद्ध होते हैं।

ये सिद्धान्तों और विचारों को जल्दी से समझ जाते हैं। इनकी तीव्र अनुभूति-शक्ति इनके व्यक्तित्व को विशालता प्रदान करती हैं। ये अनपेक्षित समस्याओं का धैर्य और विश्वासपूर्वक सामना करते हैं।

सिंह राशि के व्यक्तियों की कल्पना क्रियाशीलहोती है। ये दिवास्वप्नों में खोए रहते हैं। नए उद्देश्यों को कार्यान्वित करने में और मौलिक विचारों की स्थापना में इनकी कल्पना इनकी सहायक सिद्ध होती है। इनका प्राकृतिक कल्पनात्मक स्वभाव इन्हें दूरदर्शिता प्रदान करता है। यह गुण इन्हें अच्छा कलाकार, नर्तक, मनोरंजन करने वाला, संगीतज्ञ, अभिनेता और अभिनेत्री बनाता है।

सिंह राशि के व्यक्तियों की स्मरण-शक्ति तेज़ होती है। कठिन विवरण और पुराने विचारों को याद रखने में इन्हें कोई कठिनाई नहीं होती। विभिन्न विषयों में इनकी रुचि होती है। यह रुचि इन्हें अच्छा वक्ता और विचारक बनाती है। व्यापार के क्षेत्र में सही विचार और निर्णय ये लोग ले सकते हैं। दूसरों के उद्देश्यों का भी ज्ञान इन्हें रहता है।

सिंह राशि के व्यक्ति रोमांटिक और मनोरंजक प्रकृति के होते हैं। प्रसन्नता, आमोद-प्रमोद, साहसिक कार्य, मनोरंजन और पर्यटन में इनकी विशेष रुचि रहती है। उत्तेजित जल्दी हो जाने के कारण ये अक्सर जोखिम-भरे कार्यों में उलझ जाते हैं और भारी हानि उठाते हैं। इससे इन्हें बचना चाहिए।

तीव्र इच्छा-शक्ति के ये लोग मालिक होते हैं और साहसिक प्रवृत्ति के होने के कारण परिवर्तन प्रेमी होते हैं। एक ही रंग में रंगा जीवन इन्हें नीरस लगता है। पर्यटन प्रेमी होते हैं। आकर्षक व्यक्तित्व दूसरों को आकर्षित करता है।

सिंह राशि के व्यक्तियों को क्रोध के कारण स्नायविक कष्ट होते हैं। इन्हें संवेगों से बचना चाहिए और तुच्छ मौक़ों पर क्रोध नहीं करना चाहिए।

प्रेम के मामले में ये लोग ईर्ष्यालु होते हैं। ईर्ष्या से इन्हें बचना चाहिए। आवेगों के कारण इनकी विचार-शक्ति धुंधला जाती है। आंवेग इन्हें विनाशक साहस तक ले जाते हैं, जिससे इन्हें बचकर रहना चाहिए। इन्हें सोचकर, विश्लेषण करके कार्य करने चाहिए। तभी ये अधिक सफल और प्रसन्न होंगे ।

प्रकृति से ही ये रोमांटिक होते हैं। प्रेम के क्षेत्र में ये दयावान और संवेदनशील होते हैं। इनकी तीव्र भावनाएं होती हैं। हृदय मस्तिष्क पर राज्य करता है।

जीवन में इनकी प्रगति बहुत धीमी गति से होती है। सूक्ष्म बुद्धि के कारण ये स्वयं अपनी प्रगति में रुकावट डालते हैं। अचानक सफलता प्राप्त हो तो ये झूठी सुरक्षा की भावना में बह जाते हैं। अचानक अमीर बनने की इच्छा को त्याग देने से ये सुखी हो सकते हैं। धीरे और धीरज से काम करना लाभदायक हैं। धीमी सफलता स्थिर सफलता होती है।

सिंह राशि के व्यक्ति धन के बल पर स्वतन्त्र होना चाहते हैं। अपने आर्थिक स्रोतों का सही उपयोग करना सीखिए, इससे पहले कि धन ख़त्म हो

जाए। यह विचार कि 'ख़ूब कमाओ और ख़ूब ख़र्च करो,' कभी भी सफलता प्रदान नहीं कर सकता। अपव्यय से बचना चाहिए।

कई व्यक्तियों में ऐसी योग्यता, गुण या मानसिकता होती है कि वे व्यापार या व्यवसाय में सफलता प्राप्त कर सकें। बैंक में, दलाल के रूप में, व्यापारी, लेखक, वितरक और अपनी भूमि के मालिक के रूप में ही सफलता प्राप्त करते हैं।

इनमें कार्य-निष्पादन की योग्यता होती है। अपने कन्धों पर कठिन उत्तरदायित्वों का बोझ उठा सकते हैं। धन कमाने की क्षमता बहुत है, किन्तु अपव्यय से बचना चाहिए।

सिंह राशि के व्यक्ति जन समस्याओं को प्रशासकीय और राजनीतिक्ष क्षेत्र में आश्चर्यजनक रूप से सुलझाते हैं। इन मामलों में सफलता प्राप्त करने के लिए इन्हें अनावश्यक रूप से उदार बनना चाहिए। सुधारवाद इनके स्वभाव और प्रकृति के विरुद्ध है।

सिंह राशि के व्यक्तियों की शारीरिक रचना अच्छी होती है। जीवन को इतना सुगम नहीं समझना चाहिए। सिंह राशि हृदय और गर्दन पर शासन करती है। ये अंग नाज़ुक होते हैं और आसानी से प्रभावित भी हो जाते हैं। आराम करने की आदत डालें। भावुकता को रोकना और दबाना सीखिए। भोजन रुचिकर खाएं। अच्छा भोजन तो खाएं, किन्तु अधिक नहीं।

आप बच्चों से प्रेम करते हैं और उनमें खो जाना चाहते हैं, किन्तु आपकी राशि के प्रभाव के कारण अधिक बच्चे नहीं होंगे।

सिंह राशि के बच्चों का स्वभाव भद्र और महत्त्वाकांक्षी होता है। ये अच्छे नेता बनते हैं। इनकी भावनाएं, दृढ़ और तीव्र होती हैं। बिना परेशानियों के ये व्यक्ति शिखर पर पहुंचते हैं। सिंह राशि के बच्चों वाला घर अधूरा नहीं लगता। ये लापरवाह नहीं होते। इनको चोट, जलन और खरोंच से बचकर रहना चाहिए ।

सिंह राशि की स्त्रियां महत्त्वाकांक्षी होती हैं। ये कुलीन होती हैं तथा मोहक गुणों का प्रदर्शन करती हैं। घर और व्यापार के मसलों को अच्छी तरह संभाल लेती हैं। इन्हें इनके पति अपने अफ़सरों से मिलवाकर ख़ुश होते हैं। उन पर ये अपना प्रभाव छोड़ती हैं।

सिंह राशि के पुरुष घरेलू योजनाओं में बढ़िया पति सिद्ध होते हैं। ऐसे पति उदार और अच्छे निदेशक भी होते हैं। इनकी आकांक्षा अपनी पत्नी और बच्चों को समाज में चमकते हुए देखने की होती है। अपने बच्चों पर इन्हें गर्व होता है और उनके लिए सब चीज़ें जुटाने का ये प्रयल करते हैं।

सिंह राशि के पुरुष परिवार में मध्यस्थ बनना चाहते हैं। उनकी इच्छा रहती है कि सारा घर उनके इर्द-गिर्द घूमे। ये प्रेमी, अनुरागी और समर्पित प्रकृति के पति व पिता होते हैं। किसी की अवज्ञा इन्हें सहन नहीं। शक्की पली भी इन्हें नहीं भाती।

कुछ महान व्यक्ति जिनकी राशि सिंह थी:

रोमेशचन्द्र दत्त	(अगस्त 13)
श्री अरविन्द घोष	(अगस्त 15)
सर फ़िरोजशाह मेहता	(अगस्त 4)
विजयलक्ष्मी पंडित	(अगस्त 18)
डॉक्टर प्रफुल्लचन्द्र	(अगस्त 2)
गुरदयाल सिंह ढिल्लो	(अगस्त 6)
एम एस ओबेराय	(अगस्त 15)

कन्या – (25 अगस्त से 22 सितम्बर के बीच पैदा हुए व्यक्ति)

कन्या राशि पूरे राशि चक्र की छठी राशि है। यह बुद्ध नक्षत्र के स्वामी द्वारा शासित है। इसका प्रभाव 23 अगस्त और 22 सितम्बर के मध्य जन्मे व्यक्तियों पर पड़ता है।

कन्या राशि सतीत्व का प्रतीक है। विभिन्न पुराणों और कथाओं का सार यही है। एक सुन्दर लड़की जिसके हाथों में गेहूं की बालियां हैं, वह कन्या राशि का प्रतीक है। सूर्य जब इस राशि में हो, तब फ़सल की कटाई होती है।

पूर्ण पुरुष की बृहद जटिलता की सूचक कन्या राशि है। यह मानव जाति को आत्मसात करने और पाचन-शक्ति की प्रतीक है। ये व्यक्ति भोजन के चुनाव में विवेकी होते हैं।

धरती के त्रिभुज का दूसरा उद्गम कन्या है और बुद्ध की यही राशि है।

मकर राशि का प्रतीक दैत्य रूप में बैठा मगरमच्छ और उसके मुंह में फंसा हिरन का सिर है। कन्या राशि का प्रतीक नाव में बैठी एक विनीत लड़की है, जिसके एक हाथ में मशाल और दूसरे में तुला है। इन राशियों का विशेष महत्त्व है, क्योंकि इनमें प्रत्येक प्रतीक या तो कुछ पकड़े हुए है या कुछ कर रहा है।

कन्या राशि में बुद्ध नक्षत्र उच्चासीन होता है, क्योंकि बुद्ध का इस पर प्रभाव पड़ता है। इस नक्षत्र का कार्य व्यापार इस राशि के व्यक्तियों के लिए लाभदायक सिद्ध होता है।

मानव शरीर में बाल, भुजाओं, आंतों, हाथों और फेफड़ों, मुख, नाड़ियों, आवाज़ कर्म और स्नायु-मंडल का प्रतीक बुद्ध ही है।

इनका लाभदायक नग गोमेदक है।

प्रिय रंग ग्रे है।

शुभ दिन बुधवार है।

छोटे शहरों में सफलता की सम्भावना है।

भाग्यशाली अंक दो और चार हैं।

बुद्ध नक्षत्र पृथ्वी के सबसे निकट है और यह पृथ्वी से 36 लाख मील की दूरी पर चक्कर काटता है।

हस्तरेखा-विज्ञान में बुद्ध का पर्वत छोटी अंगुली के नीचे माना जाता है। इस पर्वत वाले व्यक्ति अच्छे वक्ता, वैज्ञानिक, चिकित्सक या वकील होते हैं। व्यापार में ये सफलता प्राप्त करते हैं।

विलियम जी बेनहम का कहना है, "इनका गुण है कि ये सबसे अधिक सफल होते हैं, किन्तु इनसे अधिक झूठा, मक्कार और धोखेबाज़ कोई नहीं होता।"

कन्या राशि के व्यक्ति दूसरों को समझ जाने की वजह से अधिक सफल होते हैं। इनके हाथों में क्षमता और दक्षता होती है।

दवाई या वकालत के व्यवसाय में ये सफल होते हैं। अभिव्यक्ति के मामले

में ये स्वाभाविक रूप से चतुर और सतर्क होते हैं। ये व्यक्ति बढ़िया लेखक व चतुर व्यापारी होते हैं।

शारीरिक रचना में ये छोटे होते हैं। अंडे के आकार का मुख होता है। देखने में परिष्कृत और सुव्यवस्थित होते हैं। इनके मुख के भावों से इनके मन की बात प्रदर्शित हो जाती है।

कन्या राशि उच्च आकांक्षाओं व महत्त्वाकाक्षाओं के सही अनुमान की सूचक है। इस राशि में पैदा हुए व्यक्ति शान्त, आत्मविश्वासी, साहसी और आत्मकेन्द्रित होते हैं। ये विचारक और चिन्तक होते हैं। अध्ययनशील प्रवृत्ति के कारण पढ़ने के शौक़ीन होते हैं। वैज्ञानिक ज्ञान को कार्यान्वित करने में सक्षम होते हैं। विशाल और सन्तुलित मस्तिष्क वाले होते हैं। इनमें श्रेष्ठ बौद्धिक योग्यता होती है। राजनीति के क्षेत्र में चतुराई-भरे वक्तव्य देते हैं।

कन्या राशि के व्यक्ति शालीन और कूटनीतिज्ञ होते हैं। कपड़ों के फ़ैशन के बारे में आडम्बर इन्हें प्रिय है। ये स्वाभाविक आदर और प्रशंसा प्राप्त करते हैं। इनमें निरीक्षण शक्ति तीव्र होती है। छोटी-छोटी बातों की ये आलोचना करते हैं। कन्या राशि के व्यक्ति ईमानदार, गम्भीर, विश्वसनीय और निष्ठावान होते हैं। जीवन की सभी ज़िम्मेदारियां ये निभाते हैं। भावुक और अल्पभाषी होते हैं। विचारों और निरीक्षण से बहुत प्रसन्न रहते हैं।

कन्या राशि के व्यक्तियों की असाधारण विश्लेषणात्मक क्षमता होती है। इनमें तीव्र तीखी और असाधारण अनुभूति होती है। तर्क शक्ति भी बढ़िया होती है। तथ्यों की ख़ोज करते हैं। यह गुण विज्ञान और व्यापार में लाभदायक सिद्ध होता है।

कन्या राशि के व्यक्तियों को प्रेरणा मानो उपहार-स्वरूप प्राप्त होती है। अन्त:प्रेरणा के कारण इनमें गहरी समझ भी होती है। इनको अपनी आलोचना को सृजनात्मक रूप देना चाहिए। अन्यथा इनकी आलोचना क्षमता इनके सम्मान को ठेस पहुंचा सकती है। निष्पक्ष रहकर ये ख्याति अर्जित कर सकते हैं।

दिवास्वप्नों से बचना चाहिए और अपने मन को अवास्तविकताओं से दूर रखना चाहिए। दूसरों की अनावश्यक आलोचना करके अपने शत्रु पैदा नहीं करने चाहिए।

इनके अल्पभाषी होने के कारण इन्हें उदासीन मान लिया जाता है।

कन्या राशि के व्यक्ति बलिष्ठ होते हैं तथा बुरी ताक़तों से बचने की क्षमता भी इनमें होती है। परिश्रम करने वाले व्यवसायों की अपेक्षा बौद्धिक व्यवसाय इनके लिए उचित है। निम्न व्यवसाय इन्हें चुनने चाहिए-शिक्षा, साहित्य, वकालत, दवाई, लेखाकार, यान्त्रिक और ट्रांसपोर्ट आदि।

कन्या राशि वाले खेलकूद, मनोरंजन और यात्रा-प्रेमी होते हैं। बाहर के क्षेत्र के कार्य इन्हें बहुत पसन्द आते हैं। रोमांस के क्षेत्र में ये भ्रम और कुंठा के शिकार हो जाते हैं। उचित जीवन-साथी इन्हें मिलना कठिन होता है। अपने बच्चों को बेहद प्यार करते हैं। बच्चों के प्रति आसक्ति से इन्हें बचना चाहिए। घर को बनाने के भी ये शौक़ीन होते हैं।

कन्या राशि के व्यक्तियों पर बुद्धि का शासन होता है। स्वास्थ्य का ध्यान रखना चाहिए। कन्या राशि की स्त्रियां अच्छी पत्नियां सिद्ध होती हैं। ये सक्षम और जागरूक होती हैं। ये घर को सुव्यवस्थित रखती हैं, जैसे तेल डली मशीन ठीक कार्य करती है।

कन्या राशि के व्यक्तियों को अच्छी पत्नी पाने के लिए कन्या राशि की स्त्रियों से ही विवाह करना चाहिए।

तुला – (23 सितम्बर और 22 अक्तूबर के बीच पैदा होने वालों के लिए)

तुला पूरे राशि-चक्र की तराजू है। यह सातवीं राशि है। तुला का स्वामी शुक्र है। इसका समय 23 सितम्बर से 22 अक्तूबर तक होता है।

तुला राशि न्याय की सूचक है। इस राशि के व्यक्तियों में विलक्षण न्याय भावना रहती है। इसका प्रतीक एक स्त्री है, जिसे न्याय की देवी कहा जाता है। उसकी आंखों पर पट्टी बंधी है और हाथ में तराज़ू है।

तुला पूर्ण पुरुष की कटि प्रदेश और कूल्हों का प्रतीक है। यह प्रजनन द्रव्य के संग्रह की भी सूचक है। इसे प्रजनन शक्ति का चक्रवात भी कहा जाता है। यह सार्वभौम शक्तियों का संगठन है और अस्तित्व के सन्तुलन का केन्द्र-बिन्दु भी।

तुला में शनि उच्चासीन होता है। मेष में दबा रहता है। यह शुक्र द्वारा शासित होता है। सूर्य के बाद यह दूसरा नक्षत्र है, जो बहुत तेजस्वी है। होमर ने इसे 'सुन्दर' कहा है।

हस्तरेखा-विज्ञान में शुक्र का पर्वत अंगूठे के आधार में होता है। इस पर्वत वाले व्यक्ति प्रसन्नचित्त और स्वस्थ होते हैं। ये व्यक्ति सम्मोहक और तरोताज़ा होते हैं। शुक्र नक्षत्र स्वास्थ्य और सौन्दर्य प्रदान करता है। शुक्र नक्षत्र में जन्मे व्यक्ति प्रेमी स्वभाव के होते हैं और अपने-आपकी ख़ुद ही पूजा करते हैं।

तुला वायु के तिगुनेपन की भी सूचक है। विश्व-पटल पर यह राशि चिह्न पूर्ण व्यक्ति की द्योतक है।

तुला राशि वाले व्यक्तियों को अन्तर्ज्ञान द्वारा बाह्य अनुभूतियां होती हैं। इन दोनों के मिलने से व्यक्ति में विचारशीलता और दूरदर्शिता आती है।

तुला राशि के व्यक्तियों के लिए उपयोगी नग हरितमणि है। इस नग में एक चुम्बकीय रक्षा-कवच रहता है, जो कि बाह्य नक्षत्रों से निःसृत पदार्थ को वापस भेजता है।

भाग्यशाली रंग नीला है।

भाग्यवर्द्धक दिन शुक्रवार है और 6 और 9 का अंक भाग्योदय के लिए अच्छा है।

सामाजिक रूप में ये लोग जहां क्रियाशील हो सकें, वे स्थान ही इन्हें सफलता प्रदान करेंगे।

तुला राशि के व्यक्ति सामूहिकता, स्वतन्त्रता और समानता के समर्थक होते हैं। इनका मस्तिष्क सन्तुलित और आकर्षक होता है। स्पष्ट वक्ता होने के कारण ये नेता नहीं बन सकते।

तुला राशि के व्यक्ति ऊंचे आदर्शों को ही जीवन का दर्शन मानते हैं। आधुनिकता के नियमों पर चलते हैं, किन्तु अतिवाद इन्हें पसन्द नहीं। ये औसत व्यक्ति होते हैं और प्रसन्न रहते हैं। सबसे इन्हें इज़्ज़त मिलती है। इनका व्यक्तित्व आज़ाद, भरा-पूरा, स्पष्ट और सम्मोहक होता है। ये व्यक्ति आकर्षक, मोहक, प्रसन्नचित्त और शालीन होते हैं। तुला राशि सौन्दर्य की प्रतीक है। विश्व की कई सुन्दर हस्तियां इसी राशि की थीं।

तुला राशि सन्तुलन और शान्ति की भी प्रतीक मानी जाती हैं। ये लोग आकर्षक व्यक्तित्व वाले होते हैं। अपने सुन्दर भाग्य के निर्माता ये स्वयं होते हैं। ये व्यक्ति दयालु, सहानुभूतिपूर्ण, उदार तथा वफ़ादार होते हैं।

तुला राशि के व्यक्तियों का स्वभाव नाज़ुक होता है। अस्थिर चित्त से ये प्रतिक्रियाएं देते हैं। मनमौजी प्रकृति के होते हैं। ये अन्याय और संकीर्णता से बेहद घृणा करते हैं। आज़ाद प्रकृति के होते हैं। कल्पना में खोए रहते हैं। दिवास्वप्न लेते रहते हैं। इनके मस्तिष्क में रोमांटिक आदर्श जीवन्त होते हैं।

इनमें अभिव्यक्ति की शक्ति होती है। इनके उद्देश्यों में स्थिरता नहीं होती, जिस कारण ये किसी विचार के अन्त तक तर्कसंगत रूप में नहीं पहुंच पाते।

अक्सर ये व्यक्ति कुटिल होते हैं। अन्तर्बुद्धि होती है। यही बुद्धि इन्हें मानवीय प्रकृति को समझने की योग्यता देती है।

तुला राशि के व्यक्ति स्वच्छन्द और मतलबी होते हैं। इन्हें सहमति या ज़िद से कुछ लेना-देना नहीं।

तुला राशि के व्यक्तियों में अवसरानुकूल ढलने की शक्ति और गुण होता है। बौद्धिक और कलात्मक प्रयासों में इनकी रुचि रहती है। ये अच्छे न्यायाधीश हो सकते हैं। लेखन, शिक्षण, चिकित्सा, व्यवसाय, निर्माणकला और वायुयान चालन आदि में से कोई व्यवसाय इन्हें चुनना चाहिए।

कई व्यक्ति कटु आलोचना से हतोत्साहित हो जाते हैं। कटु आलोचना कोई दुर्भाग्य तो नहीं है। ये जितना धन कमाते हैं, उतना ही ख़र्च भी कर देते हैं। व्यापार में ये सफल रहते हैं।

किसी भी तरह के सट्टे से इन्हें बचना चाहिए। जुआ इनके लिए हानिकारक है। ठोस व्यापार इन्हें मज़बूती प्रदान करता है। प्रकृति से ये मितव्ययी होते हैं। यह लाभदायक होता है।

स्वास्थ्य की दृष्टि से ये व्यक्ति ठीक-ठाक होते हैं। इसका यह मतलब नहीं कि इनको स्वास्थ्य की देखभाल करने की आवश्यकता नहीं है। इन्हें सन्तुलित भोजन लेना चाहिए और नित्य प्रति व्यायाम करना चाहिए। इन्हें अपने गुर्दे, पीठ और कूल्हों का ध्यान रखना चाहिए। अत्यधिक कार्य, उबाऊपन, चिड़चिड़ाहट और अधीरता से इन्हें बचना चाहिए।

इस राशि के व्यक्ति यात्रा, खेलकूद, मनोरंजन, नृत्य और थियेटर में रुचि रखते हैं। इनकी रुचि कलात्मक होती है। बच्चों से इन्हें बहुत प्रेम होता है।

तुला राशि के बच्चे आकर्षक और सुन्दर होते हैं। इनका रूप-रंग सुन्दर

और सजीला होता है। जिस काम को अपने ज़िम्मे ले लें, उसके लिए चिन्तित रहते हैं। कला और संगीत से इन्हें प्रेम होता है।

तुला राशि की स्त्रियां देखने में विजातीय पत्नी-सी लगती हैं। वे प्रेमी और अनुरक्त स्वभाव की होती हैं। तुला राशि के व्यक्ति सन्तुलित जीवन जीते हैं। न्यायसंगत जीवन पसन्द करते हैं। कुछ महान व्यक्ति जिनकी राशि तुला थी :

महात्मा गांधी	(2 अक्तूबर)
लालबहादुर शास्त्री	(2 अक्तूबर)
मादाम रुस्तम कामा	(24 सितम्बर)

वृश्चिक – (23 अक्तूबर से 21 नवम्बर के बीच जन्मे व्यक्ति)

वृश्चिक राशि आठवीं है। इस राशि का स्वामी 'कुज' और मंगल है। इसका काल 23 अक्तूबर से 21 नवम्बर तक है।

वृश्चिक मृत्यु और कष्ट का सूचक है। यह हौवे जैसा सर्पाकार है। यह मनुष्य को सन्तुलित स्थिति से जो उसने तुला राशि के काल में पाई थी, पतन की ओर ले जाता है।

वृश्चिक काल पुरुष के प्रजनन अंगों का सूचक है। यह मनुष्य में सेक्स और प्रजनन प्रक्रिया का संकेत है।

वृश्चिक राशि के व्यक्तियों में शुक्र के फल की सम्भावना अधिक होती है।

मंगल सभी ग्रहों का स्वामी है, जो कि पृथ्वी के घेरे से बाहर है। मंगल माणिक्य की तरह चमकता है। इसके भड़कीले रंग की वजह से प्राचीन काल में लोगों ने इसे युद्ध का देवता मान लिया। मंगल वृश्चिक राशि वालों के लिए इन स्थितियों में लाभदायक है, जब कि : (1) मंगलवार हो (2) मंगल मीन, कुम्भ, वृश्चिक और मेष में स्थित हो (3) रात्रि का समय हो (4) मंगल प्रतिकूल हो। (5) मंगल नक्षत्र किसी राशि में प्रवेश कर रहा हो। (6) दसवें घर में बैठा हो।

हस्तरेखा-विज्ञान में मंगल के दो पर्वत होते हैं। उच्च पर्वत हथेली के बाहरी हिस्से में और मस्तिष्क-रेखा के ऊपर होता है। निम्न मंगल पर्वत जीवन-रेखा के नीचे और शुक्र पर्वत के ऊपर होता है।

यह मंगल पर्वत व्यक्ति को प्रत्येक विरोध से बचाता है। ये व्यक्ति के जीवन को स्थिरता प्रदान करते हैं। ऐसा व्यक्ति शान्त, ठंडा और ग्राह्य होगा | आपत्तियां इसे घेरे रहती हैं।

वृश्चिक राशि के व्यक्ति सेक्स की उलझनों और लिंग कृत्यों के रहस्यों को जानते हैं। इस राशि के व्यक्ति जीवन के उद्देश्य प्राप्त करते हैं, परिणाम जो भी हो।

वृश्चिक राशि के व्यक्तियों को पुखराज पहनना चाहिए। यह इनके लिए रक्षा-कवच का काम करता है।

भाग्यशाली दिन मंगलवार है।

शुभ अंक तीन और पांच हैं। प्रिय रंग गहरा लाल है। पानी के आसपास का निवास इनके लिए भाग्यवर्द्धक है।

बौद्धिक धरातल पर वृश्चिक राशि के लोग सफल रहते हैं। इनमें तीव्र अनुभूति, अन्तर्ज्ञान और दृढ़-निश्चय होता है। चिकित्सा व्यवसाय में ये दक्षता का प्रदर्शन करते हैं। ये सफल सर्जन और केमिस्ट होते हैं।

वृश्चिक राशि के व्यक्ति शक्तिशाली जीवन आकर्षक ढंग से जीते हैं। इन शक्तियों को उदारतापूर्वक दूसरों को देते हैं। सेक्स की भूख इनमें तीव्र होती है। इनका व्यक्तित्व शक्तिशाली और सम्मोहक होता है। ये भ्रामक और रहस्यमय बने रहने की आदत से मजबूर होते हैं। इनका व्यक्तित्व मायावी होता है, किन्तु ये दूसरों से प्रेम करने वाले होते हैं।

वृश्चिक राशि के व्यक्ति शालीन, वफ़ादार, शिष्ट, हमदर्द और धैर्यवान होते हैं। इनकी निरीक्षण शक्ति तीव्र होती है। ये स्वतन्त्र विचारक होते हैं। भावुक और कोमल होते हैं। इनका विशिष्ट गुण इनकी इच्छा-शक्ति और दृढ़-निश्चय है। ये व्यक्ति स्वार्थी, मनमाने और छिद्रान्वेषी होते हैं।

वृश्चिक राशि के कुछ महान व्यक्तित्व हैं :

पंडित जवाहरलाल नेहरू	(14 नवम्बर)
औरंगज़ेब	(4 नवम्बर)
आगा ख़ां	(2 नवम्बर)
सी. वी. रमन	(17 नवम्बर)

धनु – (22 नवम्बर और 21 दिसम्बर के बीच जन्मे व्यक्ति)

धनु राशि चक्र की नौवीं राशि है। इसका प्रतीक धनुर्धर है। इस पर गुरु का राज्य रहता है। इसका समय 22 नवम्बर से 21 दिसम्बर तक का होता है।

धनु राशि प्रतिशोध और शिकार की भावना की सूचक है। किन्नर के हाथ में धनुष और बाण इसका प्रतीक है। यह राशि शासन और लौकिक बुद्धि की सूचक है।

धनु उसके पूर्ण पुरुष की जांघों की सूचक है। यह मानवगति की पीठ है। यह स्थिरता, शारीरिक शक्ति और सन्तुलन की द्योतक है। यह चिह्न अधिकार और आदेश सूचक है।

गुरु ग्रह नक्षत्र मंडल का गुरवर नक्षत्र है। यह अन्य नक्षत्रों के भार को मिलाकर बने भार से भी दोगुना है।

इस नक्षत्र में पृथ्वी के बराबर की तेरह सौ वस्तुएं समा सकती हैं।

हस्तरेखा-विज्ञान के अनुसार गुरु का पर्वत पहली अंगुली के नीचे होता है। गुरु पर्वत के व्यक्ति महत्त्वाकांक्षी और मानवता के नेता होते हैं। ये महान राजनीतिज्ञ तथा जनरल बनते हैं। इनकी शक्ति महत्त्वाकांक्षा, अधिकार के प्रति प्रेम पोजीशन में गर्व का अनुभव, धर्म, आदर और प्रकृति प्रेम है।

धनु राशि के व्यक्ति के पास किसी चर्च अथवा प्रान्त की शक्ति होती है। यह राशि जनशक्ति, सैन्यशक्ति और धार्मिक शक्ति की द्योतक है। यह मानवीय प्रबन्धात्मक शक्तियों के आधार हैं।

धनु राशि के व्यक्तियों का लाभदायक नग है – फ़िरोज़ा। यह इनका रक्षा-कवच है।

भाग्यशाली दिन गुरुवार है।

भाग्यशाली अंक नौ है। प्रिय रंग बैंगनी है।

घर से बाहर का क्षेत्र सफलतादायक है।

धनु राशि के व्यक्ति उदार, देशभक्त और नियमानुसार चलने वाले होते हैं। ये व्यक्ति शालीन और स्वतन्त्र प्रकृति के होते हैं। इनका स्वभाव झगड़ालू और स्फूर्तिदायक होता है। इनके आदर्श और विचार रूढ़िवादी होते हैं। इनका

विशिष्ट गुण इनका आत्मानुशासन और नेतृत्व की योग्यता है।

धनु राशि के व्यक्ति आकर्षक, चुम्बकीय और शक्तिशाली व्यक्तित्व के धनी होंते हैं। इन्हें तरह-तरह के लोगों से मिलना अच्छा लगता है। ये ईमानदार, उदार, स्पष्ट और विश्वसनीय होते हैं। इनका स्वभाव बन्दूक़ के घोड़े जैसा है और ये जल्दी ही गुस्सा करते हैं। ये व्यक्ति अस्थिर और आवेगशील होते हैं। ये मनमौजी प्रकृति के होते हैं। इनमें मानवीय भावना का पुट रहता है। ये ज़िन्दादिल व्यक्ति होते हैं और तीक्ष्ण व्यंग्य करते हैं। ये रूढ़िवादी होते हैं। रोमांटिक स्वभाव के कारण अनुरागी और अनुरक्त प्रकृति के होते हैं।

इनका चित्त नर्वस होता है। इन्हें अपने स्वास्थ्य का विशेष ध्यान रखना चाहिए। अपने पर अधिक कार्यभार नहीं डालना चाहिए। इन्हें रोमांटिक निराशाओं का सामना करना पड़ता है।

जीवन-साथी के चुनाव के बारे में आवेश से काम नहीं लेना चाहिए। आवेग में ये अनुपयुक्त जीवन-साथी का चुनाव कर बैठेंगे।

जन-जीवन और राजनीति के कार्यों के लिए ये उपयुक्त रहते हैं। ये राजनीतिज्ञ, कूटनीतिज्ञ, वकील, शिक्षक, लेखक, पत्रकार और वैज्ञानिक के रूप में सफलता प्राप्त करते हैं। धनु राशि के व्यक्ति जो प्रसिद्ध हुए हैं :

तेजबहादुर सप्रू	(8 दिसम्बर)
पंडित मदनमोहन मालवीय	(18 दिसम्बर)
सर जगदीश चन्द्र बोस	(30 नवम्बर)
मुश्ताक अली	(17 दिसम्बर)
अमृतलाल बिट्ठलदास ठक्कर	(29 नवम्बर)

मकर – (22 दिसम्बर और 20 जनवरी के बीच जन्मे व्यक्ति)

मकर राशि चक्र की दसवीं राशि है। इसका प्रतीक बकरी का चित्र है। यह शनि द्वारा शासित होती है। इसका जन्म 22 दिसम्बर से 20 जनवरी तक है।

मकर राशि पाप का प्रतिबिम्बात्मक रूप है। बकरे की बलि के खूप में प्रायश्चित करना इस राशि द्वारा सूचित होता है।

सेंटजॉन ने विभिन्न प्रकार की भेड़-बकरियों के द्वारा अपने रहस्यमय अन्तर्ज्ञान और भविष्यवाणी का संकेत किया है।

"मानव जाति के मुक्तिदाता या सूर्य का जन्म सदा रात्रि में होता है। जब सूर्य इस राशि में प्रवेश करता है, तब उसे मकर संक्रान्ति कहते हैं।"

ईसा का जन्म अस्तबल में हुआ था और वे पाप तथा मृत्यु पर विजय पा लेने के लिए बकरी की मांद में पड़े रहे थे। उन्होंने मानवजाति को बर्बादी से बचाया था।

मकर राशि पूर्व पुरुष के घुटनों की सूचक है। त्रिकोण के पहले सिद्धान्त गतिशीलता की भी सूचक है। जोड़ी की द्योतक है। यह विश्व के सेवाधर्म की प्रतीक है।

हस्तरेखा-विद्वान के अनुसार शनि का पर्वत दूसरी अंगुली के नीचे स्थित रहता है। अत्यधिक विकसित पर्वत कम ही होते हैं। शनि पर्वत वाला व्यक्ति विवेकी, बुद्धिमान और शान्त होता है। इसे रंग में भंग डालने वाला भी माना जाता है। ऐसा व्यक्ति छिद्रान्वेषी, उत्साहहीन और शक्की स्वभाव का होता है। समाज से अलग रहता है। इनमें स्वयं से समाज को दूर रखने की प्रवृत्ति होती है।

मकर राशि के व्यक्ति कृषि, उद्यान तथा वनस्पति विशेषज्ञ अथवा माली, पुष्पोत्पादक होते हैं। ये व्यक्ति कुओं व ख़ानों की खोज करते हैं। गणित और रसायनशास्त्र इनके प्रिय विषय हैं।

भाग्यवर्द्धध नग शेष मणि है।

भाग्यशाली दिन शनिवार है।

शुभ रंग हैं – गहरे हरे और उसके शेड्स।

शोर-शराबे से दूर शान्त जगह इनके लिए सफलतादायक है।

मकर राशि के व्यक्ति दूसरों ठी कमियां जल्दी देख लेते हैं। आध्यात्मिक सन्तोष के अलावा ये कोई और कार्य हाथ में नहीं लेते।

मकर राशि के व्यक्तियों का व्यक्तित्व साफ़ और ख़ुशनुमा होता है। इनकी आदतें मनोहर और रोचक होती हैं। जल्दी उत्तेजित नहीं होते। आपत्ति काल में

साहस से काम लेते हैं। सचेत, अल्पभाषी, विचारवान और कूटनीतिज्ञ होते हैं। इन पर ज़िम्मेदारी निभाने का विश्वास किया जा सकता है।

मकर राशि के व्यक्ति संवेदनशील, सभ्य, वफ़ादार और सहानुभूतिपूर्ण होते हैं। इनका स्वभाव कटु और आलोचनात्मक होता है। तेज़ी से बोलने की इनकी आदत होती है।

ये अच्छी चित्तवृत्ति के व्यक्ति होते हैं। इनमें एकाग्रचित्तता होती है। इनकी ग्रहणशक्ति तीव्र होती है और इनमें आत्मनियन्त्रण भी होता है। मकर राशि के व्यक्तियों की खोज और नए-पुराने ज्ञान को एकत्र करने में निपुण होते हैं। इनमें चेतना विद्यमान होती है। ये उद्योग में निपुणता रखते हैं। मालिक के प्रति वफ़ादार होते हैं। विश्वसनीय होते हैं।

मकर राशि के कुछ महान व्यक्ति हैं :

स्वामी विवेकानन्द

मार्लिन डिटरिख

बेंजामिन फ्रैंकलिन

जॉन ऑफ आर्क

कार्ल सेनबर्ग

कुम्भ - (21 जनवरी से 18 फ़रवरी के मध्य जन्मे व्यक्ति)

कुम्भ राशि चक्र में पानी का घड़ा है। यह ग्यारहवीं राशि है। शनि का इस पर शासन रहता है। इसका समय 21 जनवरी से 18 फ़रवरी तक है।

कुम्भ निर्णय का सूचक है। यह राशि नक्षत्र का ऐसा घड़ा है, जिसमें से मानव कर्मों के लेखे व कोटि के से वरदान निकलता है।

कुम्भ राशि उस महान पूर्ण पुरुष की टांगें हैं। यह मानव जाति की गतिशीलता का परिचायक है। यह शरीर की गतिशील और परिवर्तनशील व्यक्तियों का भी सूचक है।

कुम्भ राशि वायुमंडल की सबसे नीची राशि है। शनि ग्रह की भी यही राशि है। हस्तरेखा-शास्त्र के अनुसार शनि पर्वत दूसरी अंगुली के नीचे होता है। शनि

पर्वत वाला व्यक्ति सतर्क, बुद्धिमान और शान्त होता है। ऐसा व्यक्ति अशिष्ट और छिद्रान्वेषी होता है। ऐसा व्यक्ति जन्मजात शक्की होता है और उसमें सम्मान की कमी होती है। वह समाज की उपेक्षा करता है।

जेकब के अनुसार, "ये व्यक्ति गौरव की श्रेष्ठता और शक्ति की विशिष्टता में पानी की अस्थिरता से श्रेष्ठ नहीं हैं।"

प्राचीन काल से चली आ रही ज्योतिष की सीधी व अद्भुत राशियों की व्याख्या में पानी की दो रेखाओं जैसी है। मानो बहते हुए पानी में तरंगें उठ रही हों।

कुम्भ राशि के व्यक्तियों का शुभ नग रक्तमणि है।

शुभ दिन बुधवार है।

शुभ अंक चार और आठ है।

इस राशि के व्यक्तियों के लिए शुभ रंग नीला और हरा है।

सफलता के स्थान बड़े शहर या भीड़-भाड़ वाली जगहें हैं।

कुम्भ राशि के व्यक्ति लौकिक आभासों की सच्चाई को बौद्धिक धरातल पर व्यक्त करते हैं। ये पीढ़ी की बौद्धिकता व वैज्ञानिक बुद्धि का प्रतिनिधित्व करते हैं।

कुम्भ राशि के व्यक्तियों का अस्थिर व्यक्तित्व होता है। इनका व्यक्तित्व क्रियाशील, प्रभावशाली, दिलचस्प और आकर्षक होता है। कभी-कभी ये व्यक्ति मौजी, निराशावादी और उदासीन हो जाते हैं। अक्सर ये लोग उदासीन और आलसी निकलते हैं।

कुम्भ राशि के व्यक्ति अद्भुत होते हैं। ये स्वाभाविक रूप से आकर्षक होते हैं। दूसरों पर अच्छा प्रभाव डालते हैं। अपने मित्रों के प्रति वफ़ादार और ईमानदार भी होते हैं। इनके विचार स्वतन्त्र होते हैं। इनमें साहसिक कार्यों के प्रति रुचि होती है। भावनात्मक स्तर पर भावुक होते हैं और जल्दी ही दुखी हो जाते हैं। संकीर्णता से इन्हें चिढ़ है। ये महत्त्वाकांक्षी, अविचारी और प्रगल्भ प्रकृति के होते हैं। इनका मस्तिष्क क्रियाशील रहता है। ग्रहणशक्ति तीव्र होती है। शीघ्रता से ये विवेचन भी कर लेते हैं।

कुम्भ राशि के व्यक्तियों को प्रेरक विचारों के महत्त्व को जानना चाहिए। प्रेम के मामले में भावुक होते हैं। इन्हें थोड़ी-सी अवज्ञा भी सहन नहीं है। भावुकता की वजह से भ्रममुक्त रहते हैं।

कुम्भ राशि के व्यक्ति किसी भी कार्य को करने में सक्षम होते हैं। इनकी रुचि विविध व्यवसायों व पेशों में होती है। ये अच्छे आयोजक, अच्छे आविष्कारक, अच्छे वितरक और विद्युत इंजीनियर्स बनते हैं।

कुम्भ राशि के महान व्यक्ति :

सुभाषचन्द्र बोस	(जनवरी 23)
सरोजिनी नायडू	(फ़रवरी 13)
सी. एफ़. एंड्रूज	(फ़रवरी 12)

मीन – (19 फ़रवरी और 20 मार्च के मध्य जन्मे व्यक्ति)

मीन राशि चक्र की मछलियों वाली राशि है। यह बारहवीं राशि है। गुरु का इस पर शासन रहता है। इसका समय 19 फ़रवरी से 20 मार्च तक है।

मीन बाढ़ का सूचक है। मीन राशि सूर्य की यात्रा का अन्त भी है।

मीन राशि पूर्ण पुरुष के पैरों की द्योतक है। यह सभी बाह्य वस्तुओं का संकेत है। मानवजाति की मशीनी शक्तियों की यह सूचक है।

ऐसे व्यक्ति आज्ञाकारी और सेवाधर्म में धैर्यवान होते हैं। मीन राशि का स्वामी गुरु नक्षत्र मंडल का देवता है। यह बहुत तेज़ी से चक्कर काटता है। भूमध्य-रेखा पर इसकी गति तेईस हज़ार मील प्रति घंटा है।

हस्तरेखा-विद्वान के अनुसार, गुरु का पर्वत पहली अंगुली के नीचे होता है। ये व्यक्ति महत्त्वाकांक्षी और मानवजाति के नेता होते हैं। ये सेना और राजनीति दोनों में सफल रहते हैं। इनके चरित्र में महत्त्वाकांक्षा, प्रतिष्ठा और गर्व, सम्मान और प्रकृति-प्रेम आदि गुण रहते हैं। ये अपने कार्य और स्वभाव को किसी ओर भी मोड़ सकते हैं।

मीन राशि के व्यक्ति मानसिक रूप से बौद्धिक धरातल पर उदासीन रहते हैं। इनके हृदय और मस्तिष्क विपरीत रूप में कार्य करते हैं। सामान्य लोगों को रुचिकर लगने वाली चीज़ों के प्रति ये अपनी उदासीनता अभिव्यक्त करते हैं।

जैसी भी स्थिति हो, वैसे ही यह रह लेते हैं। किसी बात पर विशेष ध्यान नहीं देते।

इनका भाग्यशाली नग रत्न प्रस्तर है।

शुभ दिन शुक्रवार है।

भाग्यशाली अंक पांच और आठ हैं।

भाग्यशाली रंग मोतिया है।

समुद्र या पानी के किनारे के स्थान सफलतादायक है।

मीन राशि के व्यक्ति ख़ुशनुमा, आकर्षक, प्रिय तथा हंसमुख होते हैं। ये व्यक्ति अत्यन्त शालीन और संकोची होते हैं।

मीन राशि के व्यक्ति सहृदय, शान्त, धैर्यवान, सहानुभूतिपूर्ण और संकोची होते हैं। ये शान्तिप्रिय होते हैं। इन्हें शान्तिदूत भी कहा जा सकता है। हिंसा इनके स्वभाव और रुचि के प्रतिकूल है। ये आवश्यकता से अधिक भावुक होते हैं। गुस्सा और कलहप्रियता इनके स्नायु-मंडल पर प्रभाव डालती है। किसी भी न्याय या आयोग के प्रति ये ईमानदार होते हैं। किसी प्रकार की सहायता या सहानुभूति इन्हें द्रवित कर देती है।

मीन राशि के व्यक्तियों में अद्भुत निरीक्षण शक्ति होती है। इनके विचार भावुकता से प्रभावित रहते हैं। बाह्य अनुभूति तीव्र होती है। जल्दी ही कार्य सीख जाते हैं।

इनकी कल्पना विशाल होती है। दिवास्वप्नों में इनकी रुचि रहती है। इनकी कल्पना व्यावहारिक कार्यों में लाभदायक हो सकती है। विश्व के कुछ प्रसिद्ध व्यक्ति जिनकी याददाश्त अद्भुत थी, इसी राशि के थे। ये पुराने तथ्यों को सही रूप में याद कर सकते हैं।

किसी भी रुचिकर कार्य को सीख सकते हैं। ज्ञान के प्रति चेतन होते हैं। इनकी विचार-शक्ति अच्छी होती है। यात्रा में इन्हें आनन्द और सुख मिलता है।

ये लोग अच्छे कूटनीतिज्ञ, शिक्षक, डिज़ाइनर, पुष्पोत्पादक, नमूने बनाने वाले, प्रकृतिवादी लेखक, धार्मिक कार्यकर्ता, अभिनेता और अभिनेत्री होते हैं।

मीन राशि के कुछ प्रसिद्ध व्यक्ति हैं :

तरु दत्त	(मार्च 4)
रामकृष्ण परमहंस	(फ़रवरी 20)
आनन्दी बाई जोशी	(मार्च 18)
सर मोहम्मद इक़बाल	(फ़रवरी 22)
बलवन्तराय मेहता	(फ़रवरी 19)

रंग विज्ञान

प्रत्येक आयु के व्यक्ति के जीवन पर रंग विज्ञान का प्रभाव रहता है। दूसरे जगत की सूचना हमें रंग ही देते हैं। वड्र्सवर्थ ने अपनी कविता 'ओड दू इममोरटेलिटी' में बहुत सुन्दर व्याख्या की है कि कैसे बच्चे को प्रत्येक वस्तु विशाल और आकर्षक लगती है, किन्तु बड़ा होते-होते वह प्रभु से दूर होता चला जाता है, जब कि प्रभु उसके घर में ही उपस्थित होता है।

वास्तव में मैं अपनी चार वर्षीय पुत्री ऋतु को विभिन्न रंगों के कपड़ों की कतरनों और अन्य खिलौनों से खेलते हुए देखता हूं, तो ऐसा लगता है कि ये सब चीज़ें उसके लिए एक अर्थपूर्ण रहस्य वाली हैं, जिन्हें बड़ी उम्र के व्यक्ति नही समझ सकते।

रंगों में छिपे रहस्यों को जानने के लिए खोज और अनुसन्धान की आवश्यकता है। इन्द्रधनुष को स्वर्ग का द्वार माना गया है। सभ्यता के प्रारम्भ से लेकर अब तक इन्द्रधनुष ने मानव की कल्पना और साहित्य को व्यापकता देकर चित्ताकर्षक बनाया है।

रंग और भाग्य – प्राचीन काल में मानव ने रोज़मर्रा के अनुभवों के आधार पर अपनी भाग्योन्नति के लिए विभिन्न रंगों का इस्तेमाल किया। उसने अनुभव किया कि कुछ रंग ऐसे हैं, जो उसके लिए शिकार और सम्भोग में लाभदायक रहे और कुछ रंग हानिकारक सिद्ध हुए।

प्राचीन काल में रंग सीमित थे और मनुष्य के पास बहुत समय था कि वह प्रत्येक रंग पर, अपने अनुभव, प्रभाव और आसपास की स्थिति के अनुसार विचार कर सके। आज के रासायनिक रंग विभिन्न रंगों में विभक्त हैं और आधुनिक मनुष्य भी धन-लोलुपता की वजह से रंगों पर विचार करने का समय नहीं निकाल पाता। अब रंग मात्र फ़ैशन का साधन रह गए हैं, इसलिए अपने

रहस्यमय प्रभाव को भी खो चुके हैं।

आधुनिक युग में जिस प्रकार विद्युत या अणु शक्ति का प्रयोग प्राकृतिक शक्तियों के विरुद्ध हो रहा है, वैसे ही प्राचीन काल में मानव रंगों को प्रयुक्त करते थे। लाल रंग को अग्नि का रंग माना जाता था, क्योंकि उस समय आग या सूर्य की चमक जैसी शक्तिशाली कोई वस्तु नहीं थी। सन्तरी और सुनहरे रंग उगते और डूबते हुए सूरज की चमक याद दिलाते थे। हरा रंग खेती-बाड़ी का था और नीला आकाश और समुद्र का।

रहस्यवाद – आधुनिक विचारों ने प्रत्येक रंग के साथ कुछ नया रहस्यपूर्ण रहस्यवाद जोड़ दिया। ज्योतिषियों ने सोने को सूर्य की धातु और चांदी को चन्द्रमा की धातु माना है। इस विचार के पीछे रंगों की समानता ही है। जो अन्तरिक्ष यात्री चन्द्रमा पर गए और वहां के धरातल पर घूमे, वे जो काली मिट्टी साथ लाए हैं, उसमें बिल्कुल भी चांदी नहीं है।

ज्योतिष-विज्ञान के अनुसार मंगल नक्षत्र लाल है। शुक्र हरा या हल्का नीला, गुरु गहरा नीला, शनि काला या भूरा और बुद्ध विभिन्न रंगों वाला है।

वल्टर और लिटज्का गिबसन के अनुसार, "मिथुन राशि के व्यक्तियों के लिए पीली-हरी मणि लाभदायक है, क्योंकि बुद्ध इस राशि का स्वामी है और यह मणि रंगों को विभिन्न प्रकाशों में परिवर्तन करती है।"

रंग और अंक – विभिन्न रंगों को अंकों की शक्ति में परिवर्तित किया गया है :

काला-1
पीला-2
बैंगनी-3
सन्तरी-4
नीला-5
हरा-6
ग्रे-7
भूरा-8
लाल-9

सफ़ेद रंग का कोई अंग नहीं है, क्योंकि यह सब रंगों का जन्मदाता है। सिल्वर रंग भी ग्रे जैसा होता है, जिसे अंक 7 दिया गया है।

अंकों और रंगों का भी हमारे भाग्य पर उतना ही प्रभाव है, जितना कि नक्षत्रों का। किसी वस्तु का रंग वह माना जाता है, जो वह अपने पर पड़ रही रोशनी को प्रतिबिम्बित करके देता है। प्रत्येक व्यक्ति में से पूर्वाभाद्य या ईश्वरीय निस्सरण होता है, जो कि उसके चरित्र, वृत्ति और भविष्य की क्षमताओं का द्योतक माना जाता है।

हर व्यक्ति इस निस्सरण को थोड़ा-बहुत देख सकता है और उसके प्रभाव से भिज्ञ या अनभिज्ञ रहता है। कभी-कभी आपको बिना बात गुस्सा आ जाता है; किन्तु इसका कारण उस व्यक्ति के कपड़ों में आपके प्रतिकूल रंग की उपस्थिति है। इसी तरह किसी विशेष रंग की वजह से आप मूडी और उदासीन बन जाते हैं जिसका कोई कारण नहीं होता।

कुछ रंग दिमाग़ को उत्तेजित करते हैं और वे इतने सूक्ष्म होते हैं कि आपके मस्तिष्क पर अपना प्रभाव भी नहीं छोड़ते हैं। ऐसे रंगों की खोज कीजिए और फिर उसे स्पन्दन देने वाले रंग के रूप में इस्तेमाल कीजिए। इससे आप अपने चरित्र और भविष्य की योजनाओं पर नियन्त्रण रख सकेंगे।

विभिन्न रंगों के विभिन्न शेड्स मिलते हैं। अतः जैसे आप बड़े हों, अपने प्रिय रंगों अथवा उनके शेड्स को अपनाकर अपना व्यक्तित्व संवार सकते हैं।

स्पन्दन शक्ति – लाल रंग सबसे शक्तिशाली रंग है। अतः इसमें सबसे ज़्यादा स्पन्दन शक्ति होती है। इसे हिंसक या दुराग्रही रंग ही मानकर नहीं चलना चाहिए। यह रंग शान्त सरल भी हो सकता है और कठोर तथा शक्तिशाली भी। जिन व्यक्तियों को लाल रंग अधिक पसन्द होता है, वे अक्सर स्थूलकाय और ताक़तवर होते हैं और उनका जीवन एक पहेली जैसा होता है। इन व्यक्तियों में शक्ति और पुरुषार्थ होता है। लाल रंग का प्रिय लगना धर्म के प्रति आक्रोश का सूचक है। लाल रंग पसन्द करने वाले व्यक्ति चुनौती देने वाले होते हैं और इसीलिए अपने बराबर के लोगों का सामना करते हैं, क्योंकि कहावत है कि हीरा ही हीरे को काटता है।

लाल रंग प्रमुख रंग है। यह प्राचीन काल के व्यक्तियों और अल्हड़ लोगों की पसन्द का रंग है। ये व्यक्ति इतने उच्छृंखल नहीं होते जितना कि इनसे भय लगता है।

ये व्यक्ति पूरी तरह से नियन्त्रित होते हैं। लाल रंग इच्छाशक्ति, दृढ़-निश्चय, दिलचस्पी, लगन, सामर्थ्य और दिलेरी आदि भावनाओं का द्योतक है। ये व्यक्ति जीवन में प्रसन्नता और साहस से प्रेम करते हैं। एक ही व्यक्ति में इस रंग के सभी गुणों का उपस्थित होना असम्भव है।

वीर और उनके प्रेमी लाल रंग के झंडों का साहस, बलिदान, देशभक्ति और आत्मबलि आदि के लाल चिन्हों को प्यार करते हैं। यही बात खिलाड़ियों और खेल प्रेमियों पर भी पूरी उतरती है। लाल रंग पहनने वाले व्यक्ति आशावादी और उच्च आकाक्षाओं वाले होते हैं। लाल रंग उत्साह और समाज की भलाई के लिए किएं जाने वाले सही कार्यों का द्योतक है। लाल रंग पसन्द करने वाले व्यक्तियों को उन्नति के लिए सही मार्गदर्शन की आवश्यकता रहती है।

गुलाबी – गुलाबी रंग मात्र प्रशंसा की अपेक्षा वास्तविक प्रेम का सूचक है। इस रंग को पसन्द करने वाले व्यक्तियों में सामाजिक रूप से लाभदायक सिद्ध होने की आकांक्षा के साथ-साथ पिछड़े लोगों को ऊपर उठाने की इच्छा भी रहती है। यह रंग व्यक्ति में बिना किसी दुर्भावना या विद्वेष के, शान्त स्वभाव का धोतक है। यह रंग कोमल रंग माना जाता है। अतः जो लोग इस रंग को पसन्द करते हैं, वे भावुक होते हैं और जल्दी ही दुखी हो जाते हैं। उनकी उदासीनता भी अधिक देर तक नहीं टिकती। जिस व्यक्ति को अधिक गहरा गुलाबी रंग पसन्द है, उसमें उतनी ही अधिक उदासीनता होती है, किन्तु उसका सही समय पर नियन्त्रण आवश्यक है। जिस व्यक्ति को जितना हल्का शेड पसन्द होगा वह उतना ही शालीन, शिष्ट और सहृदय होगा। ऐसा व्यक्ति बहुत धैर्य वाला होगा।

गुलाबी चमक वाले धब्बे लचीलेपन के द्योतक हैं। हल्के गुलाबी धब्बे विषाद और खिन्नता के सूचक हैं।

किरमिची रंग (गहरा लाल) – गहरा लाल रंग आशावाद का रंग है। यह रंग प्रतिष्ठा का सूचक है। इन व्यक्तियों में सृजनात्मक रचना की शक्ति होती है।

यह व्यक्ति छिपी हुई बातों का खोजी और सफलता का उत्कट अभिलाषी होता है। इनमें आक्रामकता और कर्म का सामंजस्य रहता है। ये परिश्रमी होते

हैं और सफलता की ऊंचाइयों को छूते हैं। भविष्य की उपलब्धियां इनकी कमियों को पूरा कर देती हैं। इस रंग को चाहने वाला व्यक्ति विचारों पर आधिपत्य की क्षमता रखता है। इस रंग के प्रेमी व्यक्ति अनुरागी प्रवृत्ति के कहे जाते हैं।

मैरून (गहरा लाल कालापन लिये हुए) – मैरून रंग ताक़त और सहनशक्ति का सूचक है। यह उद्देश्य और संयम का भी द्योतक है। यह मुक़ाबला करने वाली शक्ति का सूचक है। जिस व्यक्ति को यह रंग पसन्द है, वह व्यक्ति प्रतिकूल परिस्थितियों में भी अजीबोग़रीब स्थितियों का मुक़ाबला कर सकता है। यह रंग मैत्री, जोश और मिल-जुलकर कार्य करने की प्रवृत्ति का सूचक है। जितना ही यह रंग गहरा होगा, उतना ही इसका तरंगित प्रभाव भी अधिक होगा। मैरून रंग यदि अधिक भूरापन लिये होगा, तो वह उदासीनता और स्वार्थ सूचक है।

सिन्दूरी रंग – सिन्दूरी रंग में लाल रंग की भावोत्तेजक तरंगें भी होती हैं। इस रंग को पसन्द करने वाले व्यक्ति अचानक ही ग़ुस्सा कर बैठते हैं। इन व्यक्तियों में उद्देश्यहीनता और अस्थिरता रहती है। इनका प्रेम भी सतही होता है। ये व्यक्ति स्वार्थी होते हैं। ये बहुमुखी प्रतिभा के धनी होते हैं और ज़िन्दादिल इंसान होते हैं।

सन्तरी – सन्तरी रंग उच्च आकांक्षाओं का द्योतक है। इस रंग को चाहने वाले व्यक्ति गर्वीले, आत्मकेन्द्रित और आत्मसन्तुष्ट होते हैं। ये व्यक्ति दूसरों पर गहरा नक्षत्रीय प्रभाव डालते हैं। सन्तरी रंग को प्रेम करने वाले व्यक्ति भी उन व्यक्तियों की तरह परिश्रमी होते हैं, जिन्हें लाल रंग पसन्द होता है। इन व्यक्तियों के ऊंचे आदर्श होते हैं और ये पूर्ण रूप से आत्मनियन्त्रित होते हैं। ये व्यक्ति सेक्स के मामलों में उद्विग्न नहीं होते। ये शान्त स्वभाव के होते हैं और सामान्य लोगों के प्रति इनका व्यवहार विशेष जोशीला नहीं होता। सन्तरी रंग पसन्द करने वाले व्यक्तियों में स्वतन्त्र परिश्रम का संकेत होता है, किन्तु यह सामाजिक रूप में सक्रिय नहीं होते।

इनमें सफलता प्राप्त करने की इच्छा कई कारणों से नियन्त्रित रहती है और इनके लिए असफलता भी सफलता से दूर नहीं होती। इस रंग को चाहने वाले व्यक्ति लोकप्रियता प्राप्त करने के लिए आपे से बाहर नहीं होते। ये सब प्रकार

के प्रतिरोधों को दबाने में सफल रहते हैं। इनमें गहरी आविष्कारक निपुणता होती है और कार्य करने में सक्षम होते हैं। जिस चीज़ की आकांक्षा हो वह इन्हें मिल जाए, तो ये लोग सन्तुष्ट हो जाते हैं। प्रत्येक कार्य को ये व्यक्ति पूरे साहस और आत्मविश्वास के साथ पूरा करते हैं। ये अपने जीवन की लड़ाई तर्क के नियमों पर आधारित न रखकर प्रेम के नियमों पर चलाते हैं।

पीला – पीला रंग पुष्ट और दृढ़ चरित्र का सूचक है। यह रंग सूर्य का रंग है और सहृदयता, शालीनता, मिलनसारी तथा बौद्धिकता का सूचक है। यह रंग एशिया के भिक्षुकों और रहस्यवादियों का प्रिय रंग है। यह वैज्ञानिक मस्तिष्क का सूचक है। और पागलपन की अवस्था में भी रीति पर चलता है। इसे कला और शिल्प का रंग भी माना गया है। यह बुद्धि का सूचक है और रचनात्मक तथा आविष्कारक मस्तिष्क का द्योतक है।

जब पीले रंग में सुनहरी चमक न हो और हल्का शेड हो तो बुद्धि सावधानी से नियन्त्रण में रहती है। ऐसी स्थिति में बहुत कुछ प्राप्त करने की इच्छा तो रहती है, किन्तु सफलता प्राप्त करने के लिए जिस सामर्थ्य की आवश्यकता हो वह नहीं होती।

हल्का पीला रंग पसन्द करने वाला व्यक्ति स्वार्थी स्वभाव का होगा। ऐसा व्यक्ति अन्तर्दर्शी होगा और प्रत्येक मौक़े का फ़ायदा उठाएगा। पीला रंग भूरापन लिये हो, तो व्यग्र मस्तिष्क और अस्वस्थता का सूचक है। ऐसे व्यक्ति छोटी-मोटी सफलताएं पाने में लगे रहते हैं, किन्तु बड़ी चीज़ें इनसे छिपी रहती हैं, जैसे कि कोई अवरोध सूर्य को छिपा लेता है।

हरा रंग – हरा रंग प्रकृति की ओढ़नी है। जिनको हरा रंग पसन्द होता है, वे परिस्थितियों के अनुकूल स्वयं को ढाल लेते हैं।

ये व्यक्ति भावुक तथा सहानुभूति व्यवहार वाले होते हैं। इनका मैत्री में विश्वास रहता है और ये अत्यधिक ईर्ष्यालु और गम्भीर जीवन जीते हैं।

हरा रंग लाल रंग के बिल्कुल विपरीत होता है। जिनको हरा रंग पसन्द होता है, वे जल्दी गुस्सा नहीं करते और सोच-विचार तथा हिचकिचाहट के साथ काम लेते हैं। ऐसे व्यक्ति प्रकृति के नियमों की भांति दृढ़ होते हैं। इनकी शक्ति यद्यपि धीमी गति से बढ़ती है, लेकिन बढ़ती अवश्य है। वैसे भी कहावत है,

'धीरे-धीरे रे मना धीरे सब-कुछ होय'। प्रत्येक ये अपने उत्साह के कारण मुश्किल से बच निकलते हैं। आशावाद इनके चरित्र का विशेष गुण है। इनमें दृढ़-निश्चय एवं साहस होता है। इनकी राय जल्दी से बदली नहीं जा सकती।

यह आवश्यक नहीं है कि जो व्यक्ति हरा रंग पसन्द करते हैं, वे ईर्ष्यालु ही होते हैं। उन व्यक्तियों को इस शान्त-शीत रंग की तरंगों द्वारा मिलने वाले आलस्य और निष्क्रियता में समय नष्ट नहीं करना चाहिए। ग़लत कार्य करना फिर अकर्मण्यता का प्रदर्शन करना अच्छी बात नहीं है। वेदों में भी कहा गया है, 'दया के कार्य में अकर्मण्यता का अर्थ है, पाप के लिए किया गया कार्य'।

समुद्री हरा – समुद्री हरा रंग सब हरे रंगों की अपेक्षा गहरा होता है। इसे पसन्द करने वाले व्यक्तियों में शक्ति के साथ-साथ ईर्ष्या भी होती है। ऐसे व्यक्ति बहुत ईर्ष्यालु होते हैं। पीलापन लिये हरा रंग अस्थिरता का सूचक है। नीलापन लिये हरा रंग अत्यधिक चतुराई का द्योतक है।

जैतूनी हरा – जैतूनी हरा रंग अपने रंग की भांति ही निष्क्रिय और कमज़ोर स्वभाव का सूचक है। इसे पसन्द करने वाला व्यक्ति कार्य करने की अपेक्षा बचाव का मार्ग खोजता है। इसका स्पन्दन प्रतिकूल होता है। इस रंग को चाहने वाले व्यक्ति कुटिल और अव्यावहारिक होते हैं। जो लोग इस रंग को पसन्द करते हैं, उन्हें यह रंग कोई विशेष लाभ नहीं पहुंचाता।

पन्ने जैसा हरा रंग – यह गहरा हरा और पक्का रंग होता है और दृढ़ स्वभाव का सूचक है। इस रंग को चाहने वाले व्यक्तियों में बहुमुखी अभिव्यक्ति की प्रतिभा होती है। ऐसे व्यक्ति अपने को विपरीत परिस्थितियों में डाल लेते हैं और बुरी-से-बुरी परिस्थितियों में भी लाभ उठाना जानते हैं।

सेब जैसा हरा रंग – यह हरा रंग आशाओं और उम्मीदों का सूचक है। इसका स्पन्दन भी आशावादी होता है। इस रंग को चाहने वाले व्यक्ति सहानुभूतिरहित कार्यों के लिए भी सहानुभूतिपूर्वक प्रयत्न करते हैं। ये व्यक्ति अस्थिर तो नहीं होते; किन्तु भावुक और बेहद उत्साही होते हैं।

नीला – नीले रंग की तरंगें ईमानदारी की द्योतक होती हैं। इस रंग को चाहने वाले व्यक्तियों में कोमलता और उत्साह का सामंजस्य होता है। इन व्यक्तियों में प्राचीन संस्कृति और नया विज्ञान दोनों ही विद्यमान रहते हैं। इनमें

मूड और प्रकृति इस रंग के शेड के साथ-साथ बदलती रहती है, ये व्यक्ति प्रेरणा की ऊंचाइयों को तो पाते हैं, किन्तु जीवन की नीचाइयों तक गिरते भी हैं।

नीला रंग कर्तव्य, श्रद्धा और समर्पण का रंग है। नीला रंग पसन्द करने वाले व्यक्ति शीघ्र ही मित्र बना लेते हैं। नीले रंग को चाहने वाले व्यक्ति स्वतन्त्रता-प्रेमी और आत्मनिर्भर होते हैं। ऐसे व्यक्ति पृथ्वी और आकाश से मार्गदर्शन और प्रेरणा प्राप्त करते हैं। ये व्यक्ति जीवन में उच्च आदर्शों और गहन उद्देश्यों की खोज करते हैं। आधुनिक कलाकारों में, आधुनिक सज्जा के लिए यह रंग अधिक लोकप्रिय है। यह रंग उच्च आदर्शों और स्वार्थहीन व्यक्तित्व के प्रति समर्पण का सूचक है।

समुद्री नीला – समुद्री नीला रंग गहरा और पक्का रंग होता है। यह रंग विश्वसनीयता और स्वामिभक्ति का सूचक है। यह व्यक्ति के उद्देश्यों की चिपचिपाहट की ओर संकेत करता है। ऐसा व्यक्ति आत्मनिर्भर और सामूहिक कार्यों में सहायक प्रवृत्ति वाला होता है। शक्ति और विश्वसनीयता इनके चरित्र का विशिष्ट गुण है।

आकाश जैसा नीला रंग – आकाश की ही तरह यह रंग भी नैसर्गिक रंग कहलाता है। इस रंग को पसन्द करने वाले व्यक्ति उच्च आदर्शों के प्रति अपने जीवन को समर्पित करते हैं और संसार त्याग देते हैं। इन व्यक्तियों में उच्च अलौकिक अभिलाषाएं होती हैं और इनके उद्देश्य निःस्वार्थ भावना वाले होते हैं।

गहरा नीला यह रंग कुछ-कुछ बैंगनीपन लिये रहता है, किन्तु होता नीला ही है। इस रंग को पसन्द करने वाले व्यक्तियों की चारित्रिक विशेषता है कि ये लोग अनुरक्ति और कम समर्पण में विश्वास रखते हैं। समाज सेवा इनका विशिष्ट गुण है। ये व्यक्ति मूडी होते हैं और किसी की सहायता पहुंचाने में अपनी असमर्थता दिखाते हैं। इस रंग का हल्का शेड पसन्द करने वाले व्यक्ति शान्त और छलरहित होते हैं।

अन्य रंगों की इस रंग में मिलावट इसके अटल प्रभाव को कम करती है। इस रंग में ग्रे रंग की अधिक झलक हो तो यह अनिश्चित स्वभाव की सूचक है। इसका परिणाम भय होता है।

हरे और नीले रंग का मिलन, फ़िरोजे की भांति प्रचंडता का सूचक है।

बैंगनी – बैंगनी रंग सम्मान, महत्त्व और महानता का रंग है। इसका गहरापन लोगों के हृदय को द्रवित करता है।

बैंगनी रंग नीले रंग की अपेक्षा उच्च आदर्शों का सूचक है। जिन्हें बैंगनी रंग पसन्द है, उन व्यक्तियों में आत्मसम्मान की भावना होती है। बैंगनी रंग की तरंगों को एक ताल में लाने वाले व्यक्ति दूसरों पर सुगमता से प्रभाव डाल लेते हैं। इन व्यक्तियों को अहं और अहंकारवाद से बचकर रहना चाहिए। अहंकार इनके नाश का मुख्य कारण हो सकता है।

बैंगनी रंग को चाहने वाले व्यक्ति अपनी कमियों, ग़लतियों और दुर्बलताओं से अनजान होते हैं। ये कटु आलोचना से घबराते हैं और अपने विश्वास और मापदंड के अनुसार प्रत्येक बात को तोलते हैं। बैंगनी अनुकूल और शान्तिदायक रंग है।

इस रंग को प्यार करने वाले व्यक्तियों में साहित्य, कला और नाट्य योग्यता होती है। ये व्यक्ति कल्पना और क्रियात्मकता में खोए रहते हैं। रहस्यमय को जानने की इसमें अधिक जिज्ञासा होती है। इस रंग को पसन्द करने वाले व्यक्ति अपनी कल्पनाओं को वास्तविकता में बदलते हैं।

हल्का पीला रंग – इसे भी बैंगनी रंग का ही एक शेड माना जाता है। इस रंग को चाहने वाले व्यक्ति मृदु स्वभाव के होते हैं। ये व्यक्ति बहुत अनुशासित होते हैं; सामाजिक व्यवहार में सन्तुलित होते हैं। इनका व्यवहार और आचरण नियमित व निश्चित होता है। ये व्यक्ति मुख्य उद्देश्य तक पहुंचने के लिए तुच्छ बातों पर ध्यान नहीं देते। यह रंग अनुराग और आडम्बर का सूचक है।

मजैन्ता (गुलाबीपन लिये हुए) – इसमें बैंगनी रंग अधिक मात्रा में होता है। इस रंग को चाहने वाले व्यक्ति को शास्त्रों से प्रेम होगा और ये लोग दिखावे में विश्वास रखने वाले होते हैं। ऐसे व्यक्ति सामाजिक आवश्यकताओं के ठोस धरातल पर विचरण करते हैं।

हल्का बैंगनी – यह सुन्दर नीला रंग होता है। इसमें भी बैंगनीपन अधिक होता है। ऐसे व्यक्तियों के सोच-विचार में सामाजिक कार्यों की झलक अधिक

होती है। उच्च वर्ग में सफलता पाने वाले व्यक्तियों को यह रंग प्रिय होता है। इससे उनमें श्रेष्ठा की भावना रहती है और वे आनन्दित रहते हैं। ऐसे व्यक्ति नकल से या स्वयं उस तक पहुंचकर जैसे भी हो समाज में महत्त्व प्राप्त करते हैं। सम्मान और शंक्ति इनके जीवन की अन्तिम खोज होती है।

सफ़ेद – सफ़ेद रंग पवित्रता का सूचक है जैसे कि कहावत भी है कि 'दूध जैसा सफ़ेद'। इस रंग को चाहने वाले व्यक्ति अपने मन को स्वार्थ, लालच और लौकिक इच्छाओं से गन्दा नहीं होने देते। जिन व्यक्तियों को बुढ़ापे में सफ़ेद रंग पसन्द आने लगता है वे मक्कार होते हैं, क्योंकि वे दुराध्यता और शारीरिक स्वच्छता का प्रदर्शन करते हैं, जब कि उनके हृदय गंदले और मैले होते हैं सामाजिक स्तर पर पूरे न उतरने वाले व्यक्तियों की ऐसे व्यक्ति अक्सर आलोचना करते हैं।

ग्रे – ग्रे रंग अनिर्णय और अनिश्चय का रंग है। इसे पसन्द करने वाले व्यक्ति झूठी डींगें मारते हैं। इन व्यक्तियों में आत्मविश्वास होता है और ये लोग सामाजिक चेतावनी का सामना अति सुशीलता से करते हैं। ये जीवन में अपना अलग रास्ता बनाते हैं और जनता की राय की परवाह नहीं करते। ग्रे में चांदी की-सी चमक होने की वजह से यह छलरहित और सरलता का सूचक भी माना जाता है।

भूरा – भूरा रंग पक्का और निश्चित रंग है। इस रंग को चाहने वाले व्यक्ति विश्वसनीय सेवक और अच्छे अनुचर होते हैं। ऐसे व्यक्ति व्यावहारिक नेता होते हैं। इन्हें बिना ना नुकुर किए जीना या मरना आता है। ये व्यक्ति व्यर्थ के विवाद में नहीं पड़ते। ऐसे व्यक्ति बीच का मार्ग नहीं अपनाते या तो सीधे मना कर देते हैं या फिर मान जाते हैं। इन व्यक्तियों को अनुशासन और कर्तव्य की भावना द्वारा ही सही मार्ग पर लाया जा सकता है।

काला – काला रंग कोई उदासीन रंग नहीं है। यह औपचारिकता और समर्थन का सूचक है। इस रंग को पसन्द करने वाले व्यक्ति मिथध्याभिमान की अपेक्षा सम्मान प्राप्त करते हैं। यह क्रिया और विचारों का रंग है। इन लोगों में दिखावा नहीं होता। इस रंग के प्रेमी व्यक्ति विश्वसनीय होते हैं, ये वास्तव में सच्चे व्यक्ति होते हैं, अतः दिखावा नहीं करते। ऐसे व्यक्ति अपने सम्पर्क में आने वाले व्यक्तियों पर भी संयम रखते हैं।

स्वर्णिम आभा – यह रंग जीवन और विश्व के प्रति गहन सूझबूझ का सूचक है। ये व्यक्ति अन्तर्ज्ञान की सहायता से सब चीज़ों की सूक्ष्मता को समझते हैं। ऐसे व्यक्ति दूसरों के चरित्र को ठीक उसी प्रकार देख लेते हैं, जैसे शीशे में स्पष्ट दीखता है। ये व्यक्ति अपनी शक्ति को जीवन में स्थिस्ता पर व्यय करते हैं।

रंग संयोग – किसी व्यक्ति के पसन्द के रंग संयोग को देखकर हम उसके चरित्र और प्रवृत्ति का सही-सही अनुमान लगा सकते हैं।

कुछ रंग प्रेरणा देते हैं और अभिलाषाओं को जगाते हैं, बेशक उनके साथ अन्य रंग भी विद्यमान हों, जैसे कि राष्ट्रीय झंडे में या स्कूल की पीशाकों में होता है। यह रंग सदियों पूर्व मृत्यु को प्राप्त हुए व्यक्तियों द्वारा चलाए गए रंग हैं; जो अभी तक चले आ रहे हैं।

प्रथम और द्वितीय विश्वयुद्ध में विजयी होने वाले देशों के झंडों में लाल रंग विद्यमान था, जब कि हारने वाले देशों के झंडों में लाल रंग था ही नहीं। इससे सिद्ध होता है कि लाल रंग विजय रंग है। इसमें भी आश्चर्य नहीं है कि सभी कम्युनिष्ट देशों के राष्ट्रीय झंडों में लाल रंग विद्यमान है। यह चुनाव अचानक है या सोच-विचार कर है, जो भी हो, है महत्त्वपूर्ण । कम्युनिष्ट देश प्रगति कर रहे हैं और विजय भी प्राप्त कर रहे हैं।

स्वप्न : दिव्य भाग्य के सूचक

हज़ारों वर्षों से मनुष्य के मन पर स्वप्नों का रहस्यमय प्रभाव पड़ रहा है। स्वप्न जीवन की घटनाओं की अपेक्षा अधिक विस्तृत होते हैं। स्वप्न पूरी कहानी बताते हैं, किन्तु अन्त हमेशा पहेली बनकर रह जाता है, प्रेम और रोमांस स्वप्नों में बढ़िया और अद्भुत रूप में दिखाई देता है। यही शैली ने अपनी कविता The Indian Serenade में भी कहा है :

"रात्रि के प्रथम पहर में मैं तुम्हारे स्वप्न देख रहा था, जब कि हवा धीमी-धीमी चल रही थी और तारे अपनी पूरी चमक में टिमटिमा रहे थे ।"

स्वप्न में भिखारी राजा और राजा भिखारी बन सकता है। वहां प्रत्येक व्यक्ति कोई भी पात्र बन सकता है। वह पूरी तरह स्वतन्त्र है। इनमें जीवन एक नाटक-सा लगता है। इसी को शेक्सपियर ने अपनी प्रेमिका को कहा :

"ठीक ऐसा ही था, जैसे मैं कोई स्वप्न देख रहा हूं। स्वप्न में मैं एक राजा बन गया, किन्तु वास्तविकता में ऐसा कुछ भी नहीं है।"

वास्तव में जीवन भी एक स्वप्न से अधिक कुछ नहीं है। कल तक जो हमारे साथ थे वे आज स्वप्न बन चुके हैं। आज के स्वप्न कल की सच्चाई होंगे।

पी.बी. शैली ने भी कहा है, "जीवन एक स्वप्न है और मृत्यु गहरी नींद है, जो जल्दी या देर से हम सभी को प्राप्त होती है। इस अनित्य और क्षणभंगुर जीवन को अधिक महत्त्व देना भारी भूल है।"

जीवन की वास्तविकता के आधार पर ही स्वप्नों को अर्थ दिए गए हैं। स्वप्न मानव के सबसे प्राचीन अनुभव हैं। स्वप्न-विज्ञान को ओनिरोमेन्सी (Oneiromancy) कहा गया है। लगातार स्वप्नों का दिखना जीवन के लिए मार्गदर्शन माना गया है। ग्रीक के ज्योतिषी Artemidorus ने ही संबसे पहले

स्वप्नों को अर्थ दिया था। उसके चार भागों में छपी किताब सबसे पहला स्वप्न कोष है।

फ्रॉयड ने स्वप्नों की नई व्याख्या की और स्वप्नों को सेक्स चेष्टा या विचार के रूप में बताया, किन्तु उसकी यह व्याख्या मस्तिष्क रोग की सीमा तक ही सही है। प्रो. जोज़ेफ जोस्ट्रो का कहना है, "जिस बात पर फ्रॉयड ने विचार नहीं किया वह यह है कि स्वप्न हमेशा एक ही से कारणों की वजह से नहीं आते, बल्कि इनका अपना अलग मनोविज्ञान होता है।"

नीचे दी गई व्याख्या उस हालत में आए स्वप्नों से सम्बन्धित होता है, जब शरीर सो रहा होता है; किन्तु आत्मा जाग रही होती है :

द्वेष – यदि आप स्वप्न देखते हैं कि कोई व्यक्ति आपसे घृणा करता है, किन्तु आप उस पर दुखी नहीं होते तो इसका मतलब है, आप अपने दुश्मनों के विरोध को सहन कर जाएंगे।

गर्भपात – यदि कोई स्त्री स्वप्न में देखे कि उसका गर्भपात हो गया है, तो उसे सावधान होना चाहिए। अपने स्वास्थ्य का उसे ध्यान रखना चाहिए और सम्भावित आपत्ति से बचने की कोशिश करनी चाहिए।

विदेशी – स्वप्न में जो व्यक्ति अपने-आप को विदेश में देखता है, उसकी स्थिति, जीवनवृत्ति और दशा में परिवर्तन आएगा।

अनुपस्थित मित्र – यदि स्वप्न में आप अपने अनुपस्थित मित्र को देखते हैं, तो इसका अर्थ है कि वह सम्पन्न अवस्था में है। यदि वह बीमार दिखाई दे, तो उसकी ओर से बुरी सूचना मिलने का अन्देशा है। यदि वह मरा हुआ दिखाई दे, तो ऐसा सत्य भी हो सकता है।

पाताल – स्वप्न में स्वयं को पाताल में देखना भयंकर मुसीबतों और कठिनाइयों का सूचक है।

दुर्घटना – स्वप्न के कोई दुर्घटना देखने का अर्थ है कि आप निजी कठिनाइयों से घिर जाएंगे।

दर्द – स्वप्न में दर्द होना बीमारी का सूचक है।

परिचित – स्वप्न में किसी परिचित को देखना अनन्त मैत्री और परस्पर प्रेम का सूचक है।

व्यभिचार – स्वप्न में व्यभिचार दिखना आने वाली मुसीबतों का लक्षण है।

विपत्ति – स्वप्न में अपने को प्रतिकूल परिस्थितियों में घिरा हुआ, जो व्यक्ति देखेगा, वह उसके लिए लाभदायक स्वप्न सिद्ध होगा।

'जिन्हें स्वप्न में प्रतिकूल परिस्थितियां दिखाई दी हैं, वे प्रसन्न और सन्तुष्ट हो सकते हैं। शादीशुदा पुरुष अथवा स्त्री के लिए यह स्वप्न सुखद जीवन का सूचक है। उनको मित्रों और बच्चों का सुख प्राप्त होगा। दूसरों के लिए यह स्वप्न व्यापार और प्रेम में सफलता प्राप्ति का सूचक है। किसान यह स्वप्न देखे, तो खेत में से प्रचुर मात्रा में उपज की उम्मीद कर सकता है। साहसी नाविक को अपनी अगली यात्रा में अनुकूल हवा मिलेगी। प्रत्येक व्यक्ति ऐसा स्वप्न देखकर प्रसन्न होगा।

बादाम – स्वप्न में बादाम देखना भविष्य में सुखी जीवन का सूचक है।

देवदूत – यदि स्वप्न में देवदूत दिखाई दे, तो उस व्यक्ति की मित्रों के साथ भागीदारी होगी। यह स्वप्न शान्ति उन्नति और सम्पन्नता का सूचक है।

गुस्सा – स्वप्न में देखना कि आप किसी पर गुस्सा कर रहे हैं, इस बात का सूचक है कि वह आपका प्रिय मित्र है। यदि कोई और व्यक्ति स्वप्न में आप पर गुस्सा करता है, तो इसका मतलब है, वह आपसे सच्चा प्रेम करता है।

सेब – स्वप्न में सेब दिखाई देना दीर्घ आयु और व्यापार में सफलता का सूचक है। यदि कोई स्त्री स्वप्न में सेब देखती है, तो उसका अर्थ है कि उसके पुत्र उत्पन्न होगा और वह ख़ूब फूले-फलेगा।

अविवाहित – यदि कोई लड़की स्वप्न में अविवाहित लड़का देखती है, तो इसका अभिप्राय है कि जल्दी ही उसकी शादी होगी, किन्तु यदि बूढ़ा अविवाहित दिखाई दे, तो उसका अर्थ है कि वह अविवाहित ही रहेगी।

गंजापन – स्वप्न में गंजापन देखना आने वाली बीमारी का सूचक है।

दिवाला – स्वप्न में दिवाला निकलने का अर्थ है कि यदि आप समय रहते ही अपनी आर्थिक स्थिति को नहीं सुधारेंगे, तो आपको ऐसी हालत का भी सामना करना पड़ सकता है।

चमगादड़ – स्वप्न में उड़ती हुई चमगादड़ें दिखने का अर्थ है कि आपके कई शत्रु हैं, जिनसे आपको अपनी रक्षा करनी चाहिए।

स्नान – स्वप्न में शान्त, शीतल और स्वच्छ पानी में अपने-आप को नहाते हुए देखने का अर्थ है कि आप सफलता और सम्पन्नता पाएंगे। यदि पानी मिट्टी वाला या गन्दा है, तो दुर्भाग्य का सूचक है।

झगड़ा – स्वप्न में ख़ुद को लड़ाई में उलझा हुआ देखना, मित्रों अथवा पड़ोसियों से मतभेद का सूचक है।

रीछ – स्वप्न में रीछ दिखाई देना सन्तोष का सूचक है।

बिस्तर – स्वप्न में अपने-आप को बिस्तर बिछाते हुए देखना स्थान-परिवर्तन का सूचक है।

मधुमक्खियां – स्वप्न में मधुमक्खियां दिखने का अर्थ है, आपका उद्योग अथवा व्यापार सफल रहेगा।

"स्वप्न में मधुमक्खियां देखना शुभचिह्न है। इससे धन और प्रसन्नता आपको हो जाएगी। ग़रीबी के दुख से आप छुटकारा पा जाएंगे। प्रत्येक वस्तु आपके लिए लाभदायक होगी। भविष्य में सम्मान, शान्ति और सम्पन्नता की आशा रख सकते हैं। ईश्वर पर भरोसा रखकर काम करते जाओ ये सब सुख आपको प्राप्त होंगे। आपकी पत्नी फल देने वाली अंगूर की बेल के समान होगी। आपके बच्चे चमकेंगे। जीवन शान्ति से बीतेगा। इन सबकी सूचना स्वप्न में मधुमक्खियों को देखने से मिलती है।

घंटियां – स्वप्न में घंटियां बजते हुए सुनना किसी शुभ समाचार का पूर्व संकेत है।

पक्षी – स्वप्न में पक्षियों को उड़ते हुए या चहचहाते हुए देखना जीवन-वृत्ति में लाभदायक परिवर्तन का सूचक है।

पुस्तक – स्वप्न में पुस्तकें देखना सुनिश्चित जीवन का सूचक है।

भोजन – यदि कोई व्यक्ति अपने-आप को स्वप्न में बढ़िया भोजन करते हुए देखता है, तो यह इस बात का सूचक है कि उसका स्वास्थ्य ठीक रहेगा और भाग्योन्नति होगी।

पुल – स्वप्न में जो व्यक्ति अपने-आप को कोई पुल पार करते हुए देखता है, तो यह इस बात की सूचना है कि उसकी वर्तमान स्थिति में लाभदायक परिवर्तन होगा।

इमारत – यदि बहुत-सी नई-नई इमारतें स्वप्न में दिखाई दें, तो यह स्थानान्तरण की सूचना है।

बैल – स्वप्न में यदि कोई पागल बैल आपका पीछा कर रहा है, तो इसका अर्थ है कि आपके कई शत्रु हैं।

मक्खन – स्वप्न में मक्खन देखना प्रसन्नता का सूचक है।

गोभी – स्वप्न में गोभी काटते हुए देखने का अर्थ है कि पति या पत्नी परस्पर ईर्ष्या करते हैं।

शान्ति – स्वप्न में किसी तूफ़ान के बाद शान्ति देखने का अभिप्राय है, अलग हो चुके मित्रों से समझौता हो जाएगा।

निन्दा– स्वप्न में अपनी निन्दा होते हुए देखना इस बात की सूचना है कि आपकी बहुत प्रशंसा होगी।

मोमबत्तियां – स्वप्न में जलती हुई मोमबत्तियों का दिखना शुभ समाचार का सूचक है और बुझती हुई मोमबत्तियां देखना प्रियजन की मृत्यु का संकेत है।

बिल्लियां – स्वप्न में बिल्ली देखना कपट और विश्वासघात की सूचक है।

पशु – चरते हुए पशु स्वप्न में देखना सम्पन्नता का सूचक है।

बच्चे – स्वप्न में बच्चों को देखना सफलता और सम्पन्नता की सूचना है।

बादल – स्वप्न में गहरे घने काले बादल देखना इस बात की सूचना है कि आपको कष्टों का सामना करना पड़ेगा।

तीन पत्तों वाली घास – तीन पत्तों वाली घास देखना सौभाग्य का संकेत

है। प्टोलमी के अनुसार, "इससे अच्छा कोई स्वप्न नहीं है"।

कॉफ़ी – स्वप्न में कॉफ़ी पीना ख़ुशहाल विवाहित जीवन का सूचक है।

सर्दी – स्वप्न में कड़ाके की सर्दी देखना परिस्थितियों में सुख की सूचना है।

पुच्छलतारा – प्टोलमी के अनुसार, "मैंने कभी पुच्छलतारा नहीं देखा, किन्तु यह देश के लिए युद्ध, अकाल, प्लेग, ख़ून-ख़राबे जैसे विनाश की पूर्व सूचना है। जो भी ऐसा स्वप्न देखेगा, उसका जीवन कष्टमय होगा। हर स्थिति में यह हानिकारक स्वप्न है। पुच्छलतारा स्वप्न में दिख जाए, तो यात्रा स्थगित कर दें। जहां कोई भी ख़तरा हो वहां न जाएं, कोई संकट वाला उद्योग हाथ में न लें। यदि ऐसा करेंगे, तो कष्ट पाएंगे।"

खाना पकाना – स्वप्न में यदि आप स्वयं को खाना पकाते हुए देखते हैं, तो यह किसी विवाहभोज या विशेष पार्टी आयोजक का सूचक है।

अनाज के खेत – स्वप्न में अनाज के खेत देखना ख़ुशहाल परिवार, सम्पन्न व्यापार और अत्यधिक धन की सूचना है।

लाश – स्वप्न में लाश का देखना जल्दबाज़ी में किए गए विवाह की सूचना है, जो असन्तोष का कारण बनेगा।

डेयरी – यदि आप स्वप्न में मक्खन निकालते हुए देखते हैं, तो इसका अर्थ है आप सीधे-सादे व्यक्ति से शादी करेंगे।

अन्धकार – यदि आप स्वप्न में अन्धकार के कारण ठोकर खा जाते हैं तो इसका मतलब है कि दुर्भाग्य आने ही वाला है और आपको अपने बचाव के लिए प्रयत्न करना चाहिए।

नृत्य – यदि स्वप्न में नृत्य दिखाई दे, तो इसका अर्थ है, आप सम्मान और लाभ प्राप्त करेंगे।

मृतक – स्वप्न में कोई मृतक दिखाई दे, तो कष्ट का द्योतक है।

मृत्यु – यदि स्वप्न में मृत्यु दिखाई दे, तो दीर्घ आयु और प्रसन्नतादायक विवाह का सूचक है।

हीरे – स्वप्न में हीरे दिखाई देना अपार सम्पत्ति का सूचक है।

पासा – यदि स्वप्न में कोई पासे से खेलते हुए दिखाई दे, तो व्यापार में परिवर्तन की आशंका है।

रात्रि भोज – स्वप्न में रात्रि में भोज करना या देखना आने वाले अर्थ-संकट का सूचक है।

बीमारी – स्वप्न में स्वयं को बीमार देखना इस बात की सूचना है कि आपके मित्रगण बुरे हैं।

दूरी – स्वप्न में स्वयं को मित्रों से दूर देखना, पारिवारिक कलह का सूचक है।

कुत्ता – स्वप्न में यदि कोई कुत्ता आपके साथ खेल रहा हो, तो आपको विश्वसनीय मित्र मिलने की आशा है।

कपोत – स्वप्न में कपोत्त दिखाई देना व्यापार में उन्नति की सूचना है।

पेय – स्वप्न में यदि आप देखते है कि किसी झरने पर आप पानी पी रहे हैं, तो यह प्रसन्नता और आमोद-प्रमोद का संकेत है।

चालन – स्वप्न में यदि आप कुछ चला रहे हैं, तो व्यापार में हानि को सूचना है।

डूबना – स्वप्न में यदि आप स्वयं को डूबते हुए देखते हैं, तो व्यापार में कठिनाई या मृत्यु आदि का संकेत है। यदि कोई आपको बचा लेता है, तो इसका अभिप्राय है मित्र आपका साथ देंगे।

भूकम्प – स्वप्न में भूकम्प देखना भविष्य में कष्ट का संकेत है।

खाना – स्वप्न में आप अपने को अकेले बैठे खाना खाते हुए देखते हैं, तो यह हानि, मुसीबत या परिवार में मृत्यु का संकेत है। यदि अन्य लोगों के साथ बैठे हुए खा रहे हैं, तो मैत्री, उन्नति और सम्पन्नता का सूचक है।

शिक्षा – स्वप्न में शिक्षा प्राप्त करना साहित्यिक क्षेत्र में उन्नति का सूचक है।

अंडे – स्वप्न में अनेक अंडे देखना व्यापार और प्रेम में सफलता का सूचक है।

हाथी – स्वप्न में हाथी दिखाई दे, तो स्वास्थ्य और शक्ति का सूचक है।

मनोरंजन – स्वप्न में मनोरंजन का स्थान देखना मंगल कार्य का सूचक है।

ईर्ष्या – स्वप्न में दिखाई दे कि आप ईर्ष्या के केन्द्र हैं, तो लोग आपको प्रेम और प्रशंसा की दृष्टि से देखेंगे।

बचाव – स्वप्न में आप किसी से बचने की कोशिश कर रहे हैं, किन्तु बच नहीं पाते, यह कष्ट की पूर्वसूचना है।

हरियाली – स्वप्न में हरियाली देखना दीर्घकालीन प्रसन्नता, प्रेम और पारिवारिक ख़ुशहाली का सूचक है।

चेहरा – स्वप्न में स्वयं अपना मुख देखने का अर्थ है कि आपकी गुप्त योजनाओं का पता तो चल ही जाएगा और आप तिरस्कृत भी होंगे।

असफलता – किसी प्रेम में या अन्य कार्य में असफल होने का अर्थ है कि आप सावधान रहें तो इनमें सफलता प्राप्त करेंगे।

अप्सरा – प्राचीन ज्योतिषी सरजियस का कहना है कि स्वप्न में अप्सरा का दिखना शुभ है। यदि कोई भिखारी इस स्वप्न को देखेगा, तो वह अमीर बन जाएगा।

गिरना – यदि स्वप्न में आप स्वयं को गिरते हुए देखते हैं, तो सम्पत्ति या सम्मान का नाश होता है।

मोटापा – स्वप्म में आप देखते हैं कि आप मोटे हो रहे हैं, तो इसका अर्थ है कि आप बीमार होंगे।

पिता – स्वप्न में पिता को देखना इस बात की सूचना है कि वे आपको प्यार करते हैं।

खेत – स्वप्न में देखना कि आप हरे-भरे खेतों में चल रहे हैं, तो यह सम्पन्नता का सूचक है।

आग – बेनेवेंट का कहना है कि यदि आप स्वप्न में आग देखते हैं, तो यह स्वास्थ्य, प्रसन्नता, अच्छे सम्बन्ध और मैत्री की सूचक है।

फूल – स्वप्न में फूल इकट्ठे करना सम्पन्नता की निशानी है।

धुन्ध – स्वप्न में धुन्ध देखना अनिश्चय का सूचक है। आपकी सब योजनाएं असमंजस की स्थिति में रहेंगी।

झरना – झरने में से पानी गिरते हुए देखना इस बात का सूचक है कि आप स्वतन्त्र हैं।

धोखा – स्वप्न में देखना कि कोई व्यक्ति आपको धोखा दे रहा है, तो इस बात का सूचक है कि जिस व्यक्ति ने षड्यन्त्र किया है वह आपको धोखा दे रहा है।

मित्र – मित्र को स्वप्न में बीमारी की हालत में देखना इस बात का सूचक है कि उस पर कोई आपत्ति आएगी।

मेंढक – स्वप्न में मेंढक देखना व्यापार में सफलता का सूचक है।

पाला – स्वप्न में पाला या अत्यधिक ठंड पड़ते हुए देखना मुसीबत व कष्ट में पड़ने का संकेत है।

फल – स्वप्न में फल देखना अत्यधिक धन प्राप्त करने का सूचक है।

खेल – स्वप्न में देखना कि आप खेल रहे हैं और जीत गए हैं, इस बात का सूचक है कि आप सफल होंगे।

बाग़ – स्वप्न में बाग़ देखना धन और शक्ति का सूचक है।

भूत – स्वप्न में भूत देखना आने वाली कठिनाइयों की सूचना है।

शीशा – स्वप्न में शीशे के पार देखने का अभिप्राय है कि आप जीवन में सफलता प्राप्त करेंगे।

बकरी – स्वप्न में बकरियां देखना कठिनाइयों और शत्रुओं का सूचक है।

भगवान – स्वप्न में भगवान के दर्शन शान्तिपूर्ण मृत्यु की सूचना है।

स्वर्ण – स्वप्न में स्वर्ण देखना ग़रीबी और कष्ट का सूचक है।

हंस – स्वप्न में हंस का दिखना इस बात का सूचक है कि आपकी भावी पत्नी मूर्ख स्त्री होगी।

घास – स्वप्न में घास देखना सम्पन्नता और धन का संकेत है।

बन्दूक़ – स्वप्न में बन्दूक़ की गोली की आवाज़ सुनाई देना किसी प्रियजन की मृत्यु का पूर्वाभास है।

बाल – स्वप्न में देखना कि आपके बाल ख़ूब घने हैं, सम्पन्नता और स्वास्थ्य का संकेत है।

हथौड़ा – स्वप्न में हथौड़े की आवाज़ सुनना व्यापार और वाणिज्य की उन्नति का द्योतक है।

हाथ – स्वप्न में देखना कि आपके हाथ बंधे हैं, कठिनाई का सूचक है।

लय – स्वण में हवा में संगीत के स्वर सुनाई दें, तो यह दीर्घ आयु और ख़ुशहाल जीवन का संकेत है।

फ़सल – स्वप्न में फ़सल देखना सम्पन्नता का सूचक है।

टोपी – स्वप्न में नई टोपी देखना व्यापार या उद्योग में सफलता का सूचक है।

साधु – स्वप्न में देखना कि आप साधु बन गए हैं, व्यापार और कार्य में असफलता की सूचना है।

पहाड़ – स्वप्न में आप अपने को पहाड़ों पर चढ़ते देखते हैं, तो यह आर्थिक दशा बिगड़ने की सम्भावना का संकेत है।

घर – स्वप्म में घर दिखाई देना स्वास्थ्य और सम्पन्नता का द्योतक है।

मनुष्य की हत्या – स्वप्न में किसी मनुष्य की हत्या देखना जीवन में कष्ट और व्यापार में हानि का सूचक है।

शहद – स्वप्न में स्वयं को शहद खाते देखना अच्छे स्वास्थ्य, दीर्घ आयु, सम्पन्नता और ख़ुशहाली का संकेत है।

घोड़ा – स्वप्न में स्वयं को घोड़े पर चढ़े हुए देखना सम्मान और धन

प्राप्त करने का सूचक है।

भूख – स्वप्न में अपने-आप को भूखा देखने का मललब है, आप परिश्रम के बल पर विश्व की ऊंचाइयों को छुएंगे।

चक्रवात – स्वप्न में चक्रवात देखना दुर्भाग्य का सूचक है, किन्तु आप उसका सामना साहसपूर्वक करेंगे।

बर्फ़ – स्वप में बर्फ़ दिखना व्यापार और सट्टे में असफलता का सूचक है। यह घृणा दूरी और तलाक़ का द्योतक है।

चमक – स्वप्न में चमकती हुई रोशनी देखना निकट भविष्य में सुखद घटना की सूचक है।

स्याही – स्वप्न में स्याही का उपयोग देखना व्यापार-कार्य में सम्पन्नता का द्योतक है।

द्वीप – स्वप्न में स्वयं को एकान्त द्वीप पर घूमते हुए देखना किसी परिवार-जन की मृत्यु का संकेत है।

हाथी दांत – यह भाग्यशाली स्थान है। इसमें दृढ़ प्रेम, सौन्दर्य और प्रसन्न विवाह की सूचना है।

"जब कोई स्त्री स्वप्न में हाथी दांत देखेगी, तो बहुत ख़ुश रहेगी। यह सच्चे और अनुरागी प्रेम का चिह्न है। इससे उसे अपना प्रिय पति मिलेगा, जो उसे ख़ूब प्यार करेगा। उनके हालात बढ़िया रहेंगे और दोनों में ख़ूब प्रेम होगा। वे सदा एक दूसरे से प्रेम करते रहेंगे। उनका विवाहित जीवन ख़ुशहाल होगा। पुत्र और पुत्रियां भी होंगे। जो हाथी दांत देखेगा उसे यह सब वरदान अवश्य प्राप्त होंगे।"

जवाहरात – स्वप्न में जवाहरात देखना सम्पन्नता का सूचक है। यह बेतहाशा धन पाने का संकेत है।

यात्रा – स्वप्न में यात्रा देखना परिवर्तन का पूर्वाभास है।

प्रसन्नता – स्वप्न में स्वयं को प्रसन्न देखना स्वास्थ्य और सम्पन्नता का सूचक है।

न्यायाधीश – स्वप्न में आप किसी न्यायाधीश के सम्मुख खड़े हैं, तो यह किसी झगड़े में आपका भी हाथ होने का सूचक है।

चाबी – स्वप्न में चाबी का ख़ो जाना निराशा और दुख का संकेत है।

राजा – स्वप्न में स्वयं को राजा के सामने देखना सम्मान और धन का सूचक है।

पतंग – स्वप्न में पतंग उड़ती हुई देखना जीवन में उन्नति का सूचक है।

बिल्ली के बच्चे – स्वप्न में स्वयं को बिल्ली के बच्चों के साथ खेलते हुए देखना इस बात का सूचक है कि आपकी पत्नी क्षुद्र हृदय वाली है।

झील – झील में नौका विहार करते हुए देखना भविष्य में सुख पाने का संकेत है।

दीप – स्वयं को प्रकाशित दीप उठाए हुए देखना ख़ुशहाल भविष्य का सूचक है।

तेंदुआ – स्वण में तेंदुआ देखना संकटमय विदेश यात्रा का सूचक है।

पत्र – स्वप्न में पत्र पाना किसी शुभ समाचार की सूचना है।

फूल – स्वप्न में कोई सुन्दर फूल देखना इस बात का संकेत है कि आपकी पत्नी धर्मपरायण है और आपका जीवन ख़ुशहाल होगा।

शेर – स्वप्न में शेर देखना महानता और भविष्य में उन्नति का सूचक है।

ताला – स्वप्न में ताला देखना जीवन की कठिनाइयों का सूचक है।

ऐश्वर्य – स्वप्न में स्वयं को ऐश्वर्य में रहते हुए देखना बीमारी और दरिद्रता का संकेत है।

यन्त्र – स्वप्न में यन्त्र देखना भविष्य में व्यापार में उन्नति का सूचक है।

जादू – स्वप्न में जादू देखना परिवर्तन और क्रान्ति का सूचक है।

चुम्बक – स्वप्न में चुम्बक देखना इस बात का सूचक है कि आप प्रेम-जाल में फंसेंगे।

गेंदा – स्वप्न में गेंदे का फूल देखना निरन्तर प्रेम और प्रसन्न विवाह का सूचक है।

बाज़ार – स्वप्न में बाज़ार देखना अच्छे व्यापार और कार्य-कलापों का सूचक है।

मई के नृत्य का पुष्पसज्जित कोष्ठ स्तम्भ – इस स्तम्भ के पास स्वयं को नृत्य करते हुए देखना शुभ अवसर का सूचक है।

नग्नावस्था – स्वप्न में स्वयं को नग्नावस्था में देखना दरिद्रता, अपमान और दुर्दिन का सूचक है।

गले का हार – स्वप्न में गले का हार देखना सम्पन्न और शक्तिशाली व्यक्ति से मैत्री का सूचक है।

अख़बार – स्वप्न में अख़बार देखना शुभ समाचार का सूचक है।

बुलबुल – स्वप्न में बुलबुल की आवाज़ सुनना प्रसन्नता, सफलता और सम्पन्नता की सूचक है।

सुगन्धित फूलों का गुच्छा – स्वप्न में यदि कोई आपको फूलों का गुच्छा भेंट दे, तो यह मैत्री और प्रेम का सूचक है।

समुद्र – समुद्र में पानी के जहाज़ में यात्रा करना परिवर्तन का सूचक है।

प्याज़ – स्वप्न में स्वयं को प्याज़ खाते हुए देखना किसी बहुमूल्य ख़ज़ाने के मिलने का संकेत है।

उल्लू – स्वप्न में उल्लू की आवाज़ सुनना बीमारी, दरिद्रता और अपमान की सूचक है।

महल – स्वयं को महल में रहते हुए देखना, इस बात का सूचक है कि आप वर्तमान दुरवस्था से छुटकारा पाएंगे और महानता तथा सम्पत्ति प्राप्त करेंगे।

पार्सल – स्वप्न में पार्सल प्राप्त करना ख़ुशहाल भविष्य का सूचक है।

तोता – स्वप्न में तोते को बोलते हुए सुनना बातूनी मित्र का सूचक है।

मोर – स्वप्न में मोर देखना जीवन में अस्थिरता और अनिश्चय का सूचक है।

पिस्तौल – स्वप्न में पिस्तौल की आवाज़ सुनना आपत्ति की पूर्व सूचना है।

चौराहा – स्वप्न में बहुत से चौराहे देखना जीवन में, विपत्ति और संघर्ष की सूचना है।

महारानी – स्वप्न में रानी देखना जीवन में उन्नति का सूचक है।

इन्द्रधनुष – स्वप्न में इन्द्रधनुष देखना भलाई के लिए होने वाले परिवर्तन का द्योतक है।

चूहे – स्वप्न में चूहे देखना अनेक शत्रुओं का सूचक है, जो आपको परेशान करते हैं।

नदी – स्वप्न में नदी देखना प्रेम और व्यापार में कष्ट तथा मुश्किलों का सूचक है।

गुलाब – स्वप्न में गुलाब देखना प्रसन्नता, सम्पन्नता और दीर्घ आयु का सूचक है।

सांप – स्वप्न में सांप दिखने का अर्थ है कि कोई आपका भयानक शत्रु है और वह आपको कुचलने पर आमादा है।

पानी का जहाज़ – स्वप्न में पानी का जहाज़ देखने से जीवन में प्रगति होती है।

जहाज़ का डूबना – स्वप्न में स्वयं को जहाज़ के साथ डूबते हुए देखना भविष्य में दुर्भाग्य का सूचक है।

दुकान – स्वप्न में दुकान देखना परिश्रम और उद्योग से सफलता पाने का सूचक है।

बर्फ़ – ज़मीन बर्फ़ से ढकी हुई देखना सम्पन्नता और अकलुषित चरित्र का सूचक है।

प्रेमी – स्वप्न में प्रेमी या प्रेमिका को देखना पवित्रता और छलरहित होने का संकेत है।

मकबरा – स्वप्न में मकबरों में घूमना शीघ्र विवाह का सूचक है।

वृक्ष – फले-फूले वृक्ष देखना सम्पन्नता और व्यापारोन्नति का द्योतक है।

विश्वासघात – स्वप्न में देखना कि कोई व्यक्ति आपके साथ विश्वासघात करता है, तो यह उसकी अविश्वसनीयता का सूचक है।

वॉयलिन – स्वप्न में वॉयलिन सुनना आपके लिए महत्त्वपूर्ण सामाजिक उत्सव का सूचक है।

ज्वालामुखी – स्वप्न में ज्वालामुखी देखना पारिवारिक झगड़े और प्रेम में मतभेद का सूचक है।

लड़ाई – स्वप्न में लड़ाई देखना व्यापार और जीवन में स्पर्धा का सूचक है।

आंधी – स्वप्न में आंधी देखना प्रसन्नतादायक समाचार मिलने का संकेत है।

फूलों की माला – स्वप्न में अपने गले में फूलों की माला देखना कठिनाइयों पर विजय का सूचक है।

नौजवान – स्वप्न में नौजवान व्यक्ति को देखना पारिवारिक प्रसन्नता का द्योतक है।

स्वप्न के द्वारा प्राचीन तालाब की खोज

स्वप्नों पर यदि पूर्णरूप से ध्यान दिया जाए और उनकी अवज्ञा न की जाए, तो सत्य निकलते हैं।

पंजाब के चौधरी अमरसिंह को स्वप्न में आया और उन्होंने उसी के अनुसार खोज की तो एक प्राचीन तालाब मिला। इस तालाब के बारे में पुरातत्त्ववेत्ताओं का कहना है कि यह प्रागैतिहासिक काल का है।

यह तालाब 300 फुट लम्बा और 80 फुट चौड़ा है, ईंटों का बना हुआ है

और संगरूर ज़िले में सुनाम से पन्द्रह किलोमीटर दूर सत्युज गांव की सीमा पर एक पर्वत के नीचे है। एक वर्गाकार तालाब है और संकरी सुरंग के द्वारा पास की नदी से जुड़ा हुआ है।

देहरादून और चंडीगढ़ के पुरातत्त्ववेत्ता भी उस स्थान पर जाकर ईंटों के नमूने ले चुके हैं। ये ईटें 35 से 40 किलोग्राम की हैं और पकी हुई भी हैं।

एक ईंट पर पैर का निशान है, जो समकालीन मनुष्य के पैर से भी बड़ा है। दूसरी ईंट पर गूढ़ संस्कृत में कुछ मुद्रित है। तालाब की प्राचीनता से संकेत मिलता है कि यह शताब्दियों पूर्व बनाया गया था। आम राय है कि यह तालाब पांडवों ने अपने वनवास काल में बनवाया था। सुनाम कुरुक्षेत्र से 100 किलोमीटर दूर है, जो कि उस समय पांडवों की राजधानी थी।

बूढ़े और धार्मिक प्रवृत्ति के पुरुष अमरसिंह ने किस प्रकार इस प्रागैतिहासिक तालाब की सही-सही स्थिति बताई, वह एक पौराणिक कहानी बन गई। 25 वर्ष पूर्व उसे इस तालाब के बारे में स्वप्न आया था। स्वप्न में ही उसे दबे हुए तालाब की सही-सही दूरी और दिशा का पता चला था। पहले तो उसने इसे महज कल्पना समझकर छोड़ दिया। किन्तु कौतूहलवश वह मजबूर हो गया और अपने गांव से स्वप्न में बताई दिशा और दूरी को नापने लगा। उसकी कई कोशिशें नाकाम रहीं, किन्तु अन्त में वह इसकी सही जगह खोज निकालने में सफल हुआ।

अमरसिंह ने ग्रामवासियों से तालाब को खोज निकालने की प्रार्थना की, किन्तु वे इस पर विश्वास नहीं करते थे। वे सोचते कि यह झक्की और पागल है, किन्तु वह निराश नहीं हुआ और उसने अकेले ही खुदाई शुरू कर दी। आठ फुट की गहराई तक खोदने के बाद उसे तालाब का एक कोना मिला।

तालाब मिलने की ख़बर जंगल की आग की तरह सारे गांव में फैल गई और आसपास के गांव से सैकड़ों व्यक्ति उसकी मदद करने आए। इस विश्वास ने कि यह पांडवों के वनवास काल का घर है, अमरसिंह के स्वप्न को प्रमाणित कर दिया तथा उसके बाद ज़ोर-शोर से खुदाई का काम शुरू हो गया।

अभी काम चल ही रहा था कि अमरसिंह मर गया, फिर कार्य रुक गया। अमरसिंह ने तालाब के दो किनारों की मरम्मत कर दी थी, जिससे वे नए से

लगने लगे थे। कई वर्षों तक काम बन्द रहा। एक बार लखनऊ से एक नाटक कम्पनी उस गांव में नाटक खेलने आई। उसे जब उस तालाब की पवित्रता की ख़बर हुई, तो उसने पुनः लोगों को कार्य करने की राय दी। अब तालाब पूर्ण रूप से बाहर निकल चुका है। रोज़ दूर-दूर से लोग उस तालाब को देखने और स्नान करने आते हैं।

तालाब मिलने से इस स्थान का महत्त्व भी बढ़ गया है। राज्य सरकार ने गांव तक पक्की सड़क बना दी है। पंजाब के मुख्यमन्त्री सत्युज सरोवर रिसर्च एंड डेवलपमेंट बोर्ड के मुख्य संरक्षक हैं।

हस्तलेख विज्ञान द्वारा स्वर्णिम प्रतिभा का ज्ञान

हस्तलेख चरित्र लेख है। आपका लिखने का ढंग आपके चरित्र के बारे में बताता है। हर व्यक्ति के लिखने का ढंग अलग-अलग होता है। यही हस्ताक्षर करने करवाने की मूल मान्यता है। यही आज के आर्थिक कार्य व्यापार में धन के लेन-देन में निश्चित मुद्दा है। यदि हस्ताक्षर ग़लत हो जाएं या दो व्यक्तियों के हस्ताक्षर आपस में मिल जाएं, तो आर्थिक ढांचा उसी प्रकार लड़खड़ा जाएगा, जैसे कि तूफ़ान में टीन की छत उड़ जाती है।

लिखने के ढंग से, रेखाएं खींचने के ढंग से या बिन्दुओं अथवा चिन्हों से पता लग जाता है कि यह किसने लिखा है। महान कलाकारों द्वारा बनाई गई पेंटिंग्स को आप फ़ौरन पहचान सकते हैं, यद्यपि उन पर उनके नाम नहीं लिखे हों, तो भी पेंटिंग स्वयं ही कलाकार की पहचान होती है।

शैली ही व्यक्ति है – आप शेक्सपियर के पद्य को फ़ौरन पहचान जाते हैं, चाहे कोई पढ़कर सुना रहा हो। शेक्सपियर की अपनी एक शैली है जो विशुद्ध रूप से शेक्सपियर की ही है, चर्चिल की अपनी शैली थी। कारलाईल की अपनी शैली थी, जो उसकी पहचान है। वाल्ट विटमेन ने कारलाईल को एक बैल कहा है, जिसने कि क़लम चलानी सीख ली थी। उसकी लिखाई में एकरूपता और कठोरता का पुट रहता है।

आपकी लिखाई भी विशिष्टता, भिन्नता और अन्तर प्रकट करने वाली है। आपकी मनोवृत्तियां और वाक् चातुर्य आपकी लिखाई में झलकता है।

हस्तलेख द्वारा या आत्माभिव्यक्ति द्वारा व्यक्ति के जीवन और भविष्य की सम्भावनाओं को जान लेने वाले विज्ञान को हस्तलेख विज्ञान कहते हैं। यह एक

ऐसा विषय है जिसमें अनन्त खोज और अनुसन्धान द्वारा काफ़ी कुछ प्राप्त किया जा सकता है। आज हमारे पास हस्तरेखा का जो भी ज्ञान है, वह सुई की नोक के बराबर है। इस चित्र-सदृश विज्ञान की खोज होनी चाहिए।

हस्तलेख व्यक्तित्व का सूचक – हस्तलेख में रेखाओं की दिशा व्यक्तित्व की सूचक है। कई बार केवल रेखाओं की दिशा से ही व्यक्ति के पूरे चरित्र का अनुमान लगाया जा सकता है।

सीधी रेखाओं में लिखने वाले व्यक्ति में इच्छाशक्ति, दृढ़-निश्चय और सन्तुलन आदि गुण विद्यमान रहेंगे।

हस्तलेख में रेखाएं बिल्कुल सीधी हों, तो यह प्रबल और निरंकुश स्वभाव की सूचक हैं। ऐसे व्यक्ति अपनी इच्छाओं और आचरण में आग्रही और न्यायसंगत होते हैं।

सीधे-सीधे लेख में थोड़ा-सा व्यतिक्रम अच्छा है, क्योंकि यह शालीन और ईमानदार स्वभाव का सूचक है। ऐसे व्यक्ति असभ्य अशिष्ट और उद्दंड नहीं होते ।

लहरदार बहुवर्णी लिखाई – जब हस्तलेख अस्थिर हो यानी कि इधर-से-उधर उद्देश्यहीन घूमता रहे, तब यह सही सन्तुलन और सरसता की कमी का सूचक है।

लहराती हुई रेखाएं निश्चित स्थान तक पहुंचने की कोशिश में असफल रहें, तो यह इस बात की सूचक है कि व्यक्ति मानसिक सन्तुलन पाने की चेष्टा में है, किन्तु ऐसा तभी होगा, जब वह सही दिशा में बिना किसी रुकावट के प्रयत्न करता रहेगा।

जो हस्तलेख असमान हो और इधर-उधर भटकता हो, यह निश्चित परिवर्तनशील, कमज़ोर और शिथिल चित्तवृत्ति का सूचक है।

यदि हस्तलेख बिल्कुल ऊबड़-खाबड़ हो, तो यह निपुणता और प्रतिभा का सूचक है। यह लेख व्यक्ति की उच्च महत्त्वाकांक्षाओं का द्योतक है। ऐसा व्यक्ति तुच्छ बातों में अपनी शक्ति खोना नहीं चाहता।

ऊपर उठता हस्तलेख आशावाद का प्रतीक – हस्तलेख की रेखाएं

निरन्तर ऊपर की ओर उठती चली जाएं, तो यह महत्त्वाकांक्षी और आशावादी चरित्र की द्योतक है। ऐसा व्यक्ति जीवन की ऊंचाइयों को छूने के लिए संघर्ष करता रहता है।

हस्तलेख का हल्का ऊपर को उठना लाभदायक माना जाता है, क्योंकि यह आकर्षक आशावाद का सूचक है। ऊपर की ओर अनावश्यक झुकाव कल्पनाशील स्वभाव का द्योतक है। ऐसा व्यक्ति वास्तविकताओं से दूर कल्पना जगत में खोया रहता है।

नीचे झुकता हुआ हस्तलेख निराशावाद का प्रतीक – जिस व्यक्ति का हस्तलेख नीचे की ओर झुकाव लिये हुए हो और एक समान न हो, वह व्यक्ति मूडी और उदासीन प्रवृत्ति का होगा। ऐसे व्यक्ति जल्दी ही हतोत्साहित हो जाते हैं और लाभदायक कार्यों को भी छोड़ बैठते हैं।

जीवन के प्रति इनका उदासीन दृष्टिकोण होता है। किसी भी कार्य के प्रति ये उत्साहित नहीं होते, जब कि वही कार्य दूसरों को आकर्षक लगते हैं।

नीचे को झुकाव यदि बहुत थोड़ा-सा हो, तो यह निराशावाद की अपेक्षा सजगता का सूचक है।

यदि रेखाएं बिल्कुल नीचे की ओर झुकती चली जाएं, तो ऐसा व्यक्ति दूषित और उदासीन वृत्ति का होगा। रेखाओं की बढ़ती हुई नीचाई बढ़ते हुए निरुत्साह की सूचक है।

बीमार और कमज़ोर व्यक्ति के हस्तलेख की रेखाएं एकदम नीचे की ओर जाती हैं। ऐसे व्यक्ति के निराश और उदासीन जीवन में नए दृष्टिकोण को लाने की आवश्यकता होती है, जिससे कि उसे स्वस्थ और प्रसन्न रखा जा सके।

झुकता हुआ हस्तलेख – रेखा के अन्त में या पृष्ठ के अन्त में झुकता हुआ हस्तलेख व्यक्ति के चिन्तित और उदासीन मन का सूचक है। ऐसा व्यक्ति थोड़ा बोझ पड़ने से ही थक जाता है और कोई भी कार्य मानसिक या शारीरिक रूप से सही ढंग से नहीं कर पाता।

कूबड़ वाली लिखाई – हस्तलेख की रेखाओं के बीच में ऊंट की पीठ जैसा कूबड़ निकला हो, तो यह व्यक्ति के अल्पकालीन उत्साह की ओर संकेत

करती है। ऐसा व्यक्ति प्रत्येक कार्य को उत्साह से शुरू तो करेगा, किन्तु शीघ्र ही छोड़ भी देगा।

बीच में से नीचे झुकी हुई रेखाएं – कूबड़ की अपेक्षा इसमें नीचे की ओर झुकाव रहता है। ऐसे हस्तलेख में रेखाएं बीच से नीचे की ओर झुकती हैं और फिर ऊपर की ओर उठ जाती हैं।

ऐसे व्यक्ति किसी भी प्रस्ताव अथवा प्रतिज्ञा में पूरी सजगता से काम लेते हैं, किन्तु ऐसे व्यक्ति जल्दी ही दूसरों का विश्वास कर लेते हैं और फिर अपनी पूरी-पूरी सहायता उस कार्य में लगा देते हैं।

मध्यम पुरुष – हस्तलेख के आकार का भी बहुत महत्त्व है। मध्यम आकार का हस्तलेख ही मध्यम पुरुष का सूचक है। मध्यम हस्तलेख का ज्ञान बहुत से हस्तलेख जान लेने के बाद ही होता है।

मध्यम आकार का हस्तलेख साधारण बुद्धि, जीवन के प्रति सामान्य दृष्टिकोण, दूसरों से रूढ़िवादी व्यवहार, मानसिक सन्तुलन और माध्यमिक योग्यता का सूचक है।

मध्यम से नीचे का व्यक्ति – जब लेख मध्यम आकार में होता हो, तो उसका लेखक सामान्य मापदंड पर पूरा नहीं उतरता और उसकी प्रकृति में कुछ असामान्यता होती है।

छोटी लिखाई, जिसे चश्मे से पढ़ना पड़े कलात्मक और साहित्यिक प्रकृति की सूचक है। ऐसा व्यक्ति छोटी-छोटी बातों पर भी पूरा-पूरा ध्यान देता है। ऐसा व्यक्ति बड़ी-बड़ी योजनाओं के चक्कर में नहीं फंसता। उसे छोटा-सा फूल भी उतना ही आकर्षक लगता है, जितनी एक गगनचुम्बी इमारत।

मध्यम से ऊंचा व्यक्ति – मध्यम लेख से बड़े लेख वाले व्यक्ति के जीवन में प्रतिभाशाली योजनाएं होंगी। ऐसे व्यक्ति क्रियात्मक एवं रचनात्मक प्रवृत्तियों वाले होते हैं। ऐसा व्यक्ति बेकार नहीं बैठ सकता। वह बड़े से बड़े कार्य करने की इच्छा रखता है और जीवन में ऊंचा उठना चाहता है। ऐसा व्यक्ति दूसरों के आकर्षण का केन्द्र होता है और दूसरों पर अपना प्रभाव भी छोड़ता है।

ऐसे व्यक्तियों का जीवन सफल और हृदय विशाल होता है। ये सन्तोषी जीव होते हैं।

बड़ी लिखाई व्यक्ति के महत्त्व पर प्रभाव डालती है। ये महान विचारक होते हैं, किन्तु प्रतिकूल आलोचना सहन नहीं कर सकते। ऐसे व्यक्ति पवित्र और सच्चे होते हैं। दोषानुभव का साहस भी इनमें होता है।

हस्तलेख के कोण – हस्तलेख में शब्दों के कोणों पर ध्यान दीजिए कि वे सीधे हैं, दाएं-बाएं झुके हुए हैं या किसी और डिग्री में हैं। लेख के शब्दों का झुकाव चरित्र-चित्रण का महत्त्वपूर्ण भाग है।

बिल्कुल सीधा ऊपर या नीचे लिखने का ढंग व्यक्ति की आत्मसीमित प्रकृति का सूचक है। ऐसे व्यक्ति अपने रोज़मर्रा के साथियों की ज़रूरतों से या आसपास के वातावरण से प्रभावित नहीं होते।

किन्तु ऐसे व्यक्ति सच्चे और स्पष्टवादी होने के कारण विश्वसनीय होते हैं। ये किसी बात का खंडन मृदु शब्दों में नहीं करते। ऐसे व्यक्ति कोई लाग-लपेट नहीं रखते। यदि वे आपकी सहायता नहीं करना चाहते, तो आपके मुंह पर ही कह देंगे। ऐसे लोग किसी के मुंह पर तारीफ़ और पीठ पीछे बुराई भी नहीं करते। ये स्पष्टवादी तो होते हैं, किन्तु रूखेपन से बात नहीं करते। अप्रिय बात भी मोहक ढंग से कह देते हैं।

शब्दों का सीधे हाथ की ओर हल्का-सा झुकाव सरल स्वभाव का सूचक है। ऐसे व्यक्ति प्रत्येक वस्तु को यथास्थिति ही स्वीकार कर लेते हैं। ये दूसरों के प्रति मित्र भाव रखते हैं। ये व्यक्ति स्पष्टवादी और उदार होते हैं।

शब्दों का दाईं ओर अधिक झुकाव उदार और भावुक प्रकृति का सूचक है। ऐसे व्यक्ति दूसरों को प्रसन्न रखने का भरसक प्रयत्न करते हैं। यही उनके सफल जीवन का आधार है। ये उन्नति करते हैं। ये भविष्य के बारे में विचार करते हैं। वर्तमान आचरण इनको आने वाले समय में सफलता दिलाता है। ये लोग दयालु और संवेदनशील होते हैं। दूसरों की सच्ची प्रशंसा करते हैं और दूसरों से सच्ची प्रशंसा ग्राप्त करते हैं।

असाधारण रूप से दाहिनी ओर को झुकाव चिड़चिड़े और जल्दी क्रुद्ध हो

उठने वाले स्वभाव का सूचक है। ये व्यावहारिक तर्कशास्त्र के किसी नियम को नहीं मानते, बल्कि कल्पनाओं में खोए रहते हैं।

बिल्कुल आगे की ओर झुके हुए शब्द अस्थिर प्रकृति के सूचक हैं। ऐसे व्यक्ति अविश्वसनीय होते हैं। अपने-आप पर ही इन्हें विश्वास नहीं होता। इनमें दृढ़-निश्चय, दोषानुभव का साहस और जागरूकता की कमी होती है। इनसे बहस करना अपना समय बर्बाद करना है।

बहुत अधिक दाईं ओर झुकाकर लिखने वाला व्यक्ति आपे से बाहर रहता है। विकृत कल्पनाएं करता है। अपनी योजनाएं ही विफल कर लेता है। ये अपने-आप को सनकी, स्वप्नद्रष्टा और पियक्कड़ों की भांति छलते हैं।

पंक्तियों के बीच की दूरी – हस्तलेख में पंक्ति से पंक्ति की दूरी को भी ध्यानपूर्वक देखना चाहिए, क्योंकि इससे भी काफ़ी कुछ पता चलता है। अनेक हस्तलेख देखने के बाद ही पंक्तियों की औसत दूरी का अनुमान हो पाएगा।

पंक्तियों की औसत दूरी औसत व्यक्ति की पहचान है। ऐसे व्यक्ति में साथियों को प्रसन्न रखने का पर्याप्त विवेक होता है और वह सामाजिक, व्यावहारिक और व्यावसायिक व्यक्ति सिद्ध होता है।

पास-पास जुड़ी हुई पंक्तियां व्यक्ति के विचारों की संकुलता को प्रकट करती हैं। ऐसा व्यक्ति विचारों की दुविधा में रहता है और अपने विचारों को प्रकट करने की जल्दबाज़ी में इतनी तेज़ी से बोलता है कि कुछ भी स्पष्टतया कह नहीं पाता।

खुली-खुली पंक्तियां विशाल मस्तिष्क की प्रतीक हैं। ये पंक्तियां व्यापक दृष्टि और विशाल हृदय की भी द्योतक हैं। ऐसे व्यक्ति दूरदर्शी, सहिष्णु और विलक्षण बुद्धि वाले होते हैं। ये व्यक्ति सहानुभूतिपूर्ण और सहायक प्रवृत्ति के होते हैं। प्रत्येक बात तर्कसंगत करते हैं। अल्पभाषी किन्तु मृदु होते हैं। अपनी बात नपे-तुले शब्दों में कह देते हैं।

अक्षरों के बीच दूरी – हस्तलेख में अक्षर-से-अक्षर के बीच की दूरी पर ध्यान दीजिए और नीचे दी गई बातों के अनुसार चरित्र का अनुमान लगाइए।

1. अक्षरों की असमान दूरी व्यक्ति के भावुक, अविवेकी, निष्कपट और अनौपचारिक स्वभाव की सूचक है। ऐसे व्यक्ति के विचार पूर्णतया स्वतन्त्र होते हैं।

2. अक्षरों की समान दूरी अप्रत्याशित आपत्ति और मिथ्या वर्णन से बचने के लिए पूर्वविचार और सतर्कता की सूचक है। ऐसे व्यक्ति सचेत अभिव्यक्ति वाले होते हैं।

3. जोड़-जोड़कर लिखे हुए अक्षर दृढ़-निश्चय का सूचक है। ऐसे व्यक्ति अपने निर्णयों के प्रति दृढ़-निश्चयी होते हैं। ये गलती को दोहराते भी नहीं।

4. जब कुछ अक्षर अलग-अलग लिखे हों, तो ऐसा व्यक्ति मानव-चरित्र का प्रखर परीक्षक होता है।

5. जब सभी शब्द अलग-अलग हों, तो ऐसी लिखाई वाला व्यक्ति कल्पना लोक में विचरण करता है। तर्क की अपेक्षा अन्तर्ज्ञान पर निर्भर करता है। वह व्यावहारिक जीवन के कठोर धरातल पर नहीं रहता।

गोलाकार अक्षर – गोल अक्षर लिखने वाले व्यक्ति में कर्तव्य और समन्वय, सौन्दर्य और संस्कृति के प्रति मोह होता है। ऐसे व्यक्ति आरामतलब और शिष्ट होते हैं।

अस्थूल लेख – अस्थूल लेख उस्तरे की तरह तीखा होता है। यह लेख व्यक्ति की सूक्ष्म मनोवृत्ति, उधोगी और महत्त्वाकांक्षी प्रकृति की ओर संकेत करता है। ऐसे स्त्री या पुरुष कम समय में ही सब-कुछ पा लेना चाहते हैं, जो कि मनस्ताप का कारण बनता है। ऐसे व्यक्ति अक्षरों की सही बनावट पर भी समय बर्बाद नहीं करते। जल्दी-जल्दी लिखते हैं। ये आक्रामक भी हो सकते हैं।

ये अपने व्यवसाय के नेता बनने की आशा में रहते हैं। यदि कोई इनका अनुसरण न करे, तो ये झुंझला जाते हैं। परिणाम की आशा भी समय से पहले ही रखते हैं।

बड़ा और मोटा लेख – मोटा लेख न गोल जैसा होता है और न अस्थूल

जैसा। यह लेख चेतन और परिश्रमी प्रवृत्ति का सूचक है। ऐसा व्यक्ति सतर्क होने के साथ-साथ निरन्तर कार्यरत रहता है।

सुस्पष्ट अक्षर – जो व्यक्ति सभी अक्षर समान आकार के लिखता है, वह विवेकी और सरल प्रकृति का होता है। प्रत्येक कार्य सतर्कता से करेगा। दूसरों के आदेशों का अक्षरशः पालन करेगा।

अव्यवस्थित अक्षर – छोटे-बड़े अक्षर लिखने वाला व्यक्ति चंचल बुद्धि वाला होता है। ऐसे व्यक्ति सुगम मार्ग अपनाते हैं। चालाक होने के साथ-साथ ग़ैरज़िम्मेदार भी होते हैं। नए-नए कार्य करने के लिए तैयार रहते हैं, चाहे वे इस योग्य हों या नहीं।

छोटे अक्षरों के बाद बड़े अक्षर – छोटे अक्षरों के बाद बड़े अक्षर लिखने वाले व्यक्ति अपनी ईमानदारी और परिश्रम के बल पर उन्नति करने को तत्पर रहते हैं। इनकी जमा पूंजी का एक-एक पैसा कठोर परिश्रम से कमाया गया होता है।

खुले अक्षर – कहीं-कहीं अक्षरों की बनावट विस्तार या खुलापन लिये हो, तो ऐसा व्यक्ति स्पष्टवादी, निश्छल और निष्कपट प्रकृति का होता है। किसी भी समस्या को हाथ में लेने से पहले या किसी निर्णय पर पहुंचने से पहले ये खुले दिमाग़ से ख़ूब विचार कर लेते हैं।

मिले हुए अक्षर - आपस में मिले हुए अक्षर उदाहरण के तौर पर अंग्रेज़ी के O और G आदि शब्द जोड़कर लिये जाएं, तो व्यक्ति की सीमित बुद्धि के सूचक हैं। ऐसे व्यक्ति रहस्यपूर्ण और स्वेच्छाचारी होते हैं। अपना रहस्य अपने तक ही सीमित रखते हैं।

अक्षरों द्वारा मानवीय गुणों की व्याख्या – हस्तलेख के अक्षरों की बनावट मानव के विभिन्न गुणों की द्योतक है। इन पर ध्यान देने की आवश्यकता है। नीचे अंग्रेज़ी के कुछ अक्षरों की बनावट और गुणों की व्याख्या की गई है।

‘be’ – बड़े फन्दे के साथ लिखा हो तो यह सरल और सूक्ष्म मनोवृत्ति का द्योतक है।

'b' – जब छोटा फन्दा हो तो यह व्यक्ति के स्वाभिमान का सूचक है।

'd' – सीधा और ऊंचा – आदर्शवादी प्रकृति का सूचक।

'd' – पीछे की ओर झुकाव – बौद्धिक वृत्ति का द्योतक।

'd' – फैला हुआ – शान्त और रहस्यपूर्ण प्रकृति का संकेत।

'd' – गोलाकार – स्पष्ट और निष्कपट प्रकृति।

'f' – आकर्षक सुन्दर – आत्मनिर्भर व्यक्ति।

'g' – '8' के आकार का – साहित्यिक निपुणता और विशाल शब्द ज्ञान।

'g' – नीचे सीधी रेखा– वैज्ञानिक बुद्धि।

'h' – बड़े फन्दे के साथ – दूरदर्शिता और पूर्वज्ञान।

'h' – छोटे फन्दे वाला – यथार्थवादी प्रकृति।

'i' – बिना बिन्दु के – असावधान और उपेक्षापूर्ण प्रकृति।

'i' – बड़े बिन्दु सहित – कठोर और आक्रामक प्रकृति।

'i' – बहुत ऊपर बिन्दु लगाना – रहस्यपूर्ण प्रकृति।

'j' – छोटे फन्दे वाला – कल्पनाशील विचारों वाला व्यक्ति।

'k' – ऊंचा और गोलाकार – अतिशयोक्ति।

'l' – ऊंचा और तंग – सबल और आग्रहकारी।

'l' – सन्तुलित और सामान्य – सन्तुलित और सामान्य प्रकृति ।

'l' – छोटा और 'e' जैसा – उतावलापन और उदासीनता।

'm' 'n' – ठीक-ठीक और गोल – व्यवस्थाप्रिय आचरण ।

'm' 'n' – कोणाकार – मैत्रीपूर्ण और मिलनसार।

‘o’ – अंग्रेज़ी के ‘a’ की भांति – अनुशासनहीनता।

‘p’ – ऊंचा और गोलाकार – कल्पनाशील।

‘p’ – ‘h’ की भांति खुला हुआ – परम्पराओं के प्रति आग्रह।

‘q’ – विशेष क़िस्म का – विवरण में दिलचस्पी ।

‘r’ – सामान्य – सावधान और व्यवस्थाप्रिय प्रकृति।

‘r’ – गोलाकार और सीधे ‘u’ की तरह – प्रेरणा की कमी।

‘s’ – अनावश्यक बड़ा – अतिशयोक्ति की तरह झुकाव।

‘s’ – जल्दबाज़ी में बनाया गया – गतिशील और स्फूर्तिमय चरित्र।

‘s’ – छपे हुए अक्षर जैसा - अर्जनशील वृत्ति।

‘t’ – सादा और सुन्दर – सन्तुलित मस्तिष्क।

‘t’ – भारी रेखा वाला – कठोर स्वभाव।

‘u’ – ‘n’ की तरह बना हुआ – आलसी प्रकृति वाला व्यक्ति ।

‘v’ – ‘u’ की तरह बना हुआ – तुनकमिज़ाज; किन्तु बुद्धिवाला व्यक्ति।

‘w’ – कोषागार – संवेदनशील और सुशील।

‘x’ – सीधी और छोटी रेखाओं वाला – उतावलापन।

‘x’ – लम्बी रेखाओं वाला – शक्तिशाली और चुनौतीपूर्ण।

‘y’ – सीधा नीचे की ओर लिखा हुआ – कठोर प्रकृति।

‘z’ – छपे हुए अक्षर जैसा – सावधान प्रकृति।

अंग्रेज़ी के बड़े अक्षर

साधारण बड़े अक्षर – व्यावहारिक, विश्वसनीय और सत्यवादी।

छपाई जैसे बड़े अक्षर – यान्त्रिक और वैज्ञानिक मस्तिष्क।

आकर्षक बड़े अक्षर – कपटी स्वभाव।

कलात्मक बड़े अक्षर – व्यर्थ व्यय में गर्व का अनुभव।

छोटे आकार में लिखे बड़े अक्षर – शालीन प्रकृति और स्वयं को तुच्छ समझने की प्रवृत्ति।

लम्बे बड़े अक्षर - व्यर्थ अभिमान का द्योतक।

तिल विज्ञान

तिल विज्ञान से अभिप्राय शरीर पर तिलों का अध्ययन और उनकी व्याख्या से है। तिल व्यक्ति की क्षमता और चरित्र के सूचक हैं। भविष्य का पूर्व संकेत हैं।

तिल एक प्रकार की अपवृद्धि है, ये तब बनते हैं, जब भ्रूण में गर्भ होता है, किन्तु ये निरर्थक नहीं होते, बल्कि इनकी उपस्थिति रहस्यपूर्ण मानी जाती है।

प्राचीन ज्योतिषी सिलबी का कहना है कि तिलों का आकार, उनकी स्थिति और अन्य बातें मनुष्य के जीवन में भविष्य में घटने वाली घटनाओं से सम्बन्धित हैं।

तिल और नक्षत्र – जन्मकुंडली के जिस हिस्से पर जो नक्षत्र चल रहा होगा, उस पर ध्यान दीजिए और देखिए कि उस नक्षत्र द्वारा मनुष्य के शरीर का कौन-सा अंग शासित होता है, उसी अंग पर तिल होगा। इस बात का पता इसी पुस्तक के चौथे अध्याय में बताई गई विधि द्वारा लगाया जा सकता है। इसके लिए देखिए कि आपका जन्म किस माह में हुआ है।

उदाहरणार्थ, यदि जन्म के समय पर जन्मकुंडली में मेष राशि हो, तो तिल सिर या चेहरे पर होगा। यदि वृषभ, राशि हो, तो गर्दन या गले पर। मिथुन हो तो बांहों या कन्धों पर। कर्क हो तो छाती पर। इसी प्रकार अन्य राशियों के अनुसार अन्य जगहों पर भी तिल होंगे।

तिल कई प्रकार के होते हैं :

1. तिल का आकार जितना बड़ा होगा, सम्बन्धित व्यक्ति के जीवन में सम्पन्नता या दुर्भाग्य का कारण बनेगा।
2. तिल का आकार छोटा होने से उसका अच्छा या बुरा प्रभाव कम हो जाता है।
3. तिल का गोलाकार होना भलाई का सूचक है।

4. तिल चौकोर हो, तो व्यक्ति के जीवन में भाग्यशाली संयोग होंगे।
5. तिल कोणाकार होगा, तो आदमी के लिए अच्छाई और बुराई का मिश्रण साबित होगा।
6. रंग गहरा हो तो उतने ही अपमान या सम्मान का द्योतक है।
7. यदि तिल बालों से घिरा हुआ है तो दुर्भाग्य का सूचक है।
8. तिल पर बाल कम हों तो भाग्य का सूचक है।

सम्मान और सम्पदा – माथे के दाहिनी ओर या दाहिनी कनपटी पर तिल का होना, अचानक मिलने वाले सम्मान और सम्पदा का द्योतक है।

सौभाग्य – जिसकी दाहिनी आंख की भवों पर तिल होगा उसका कम उम्र में ही विवाह हो जाएगा और वह व्यक्ति भाग्यशाली होगा।

अप्रत्याशित निराशा – माथे के बाईं ओर या बाईं कनपटी पर या बाईं भवों पर तिल का होना अप्रत्याशित निराशा का संकेत है।

सहृदयता, शालीनता और सौम्य प्रकृति – आंख के बाहरी किनारे पर तिल का होना सहृदय शालीन और सौम्य प्रकृति का सूचक है।

मध्यम – गाल पर तिल हो तो वह व्यक्ति मध्यम भाग्य का होगा; किन्तु कभी भी बिल्कुल ग़रीब नहीं होगा।

शानदार सफलता – नाक का तिल व्यापारिक योजनाओं की शानदार सफलता का संकेत है।

प्रेम का सुख – ऊपरी या निचले होंठ पर तिल का होना, व्यक्ति के प्रेमी स्वभाव का सूचक है। ऐसा व्यक्ति प्यार में आनन्द प्राप्त करता है।

सम्मान और सम्पन्नता – जिस व्यक्ति की ठोड़ी पर तिल होगा, वह व्यक्ति सम्मान प्राप्त करेगा और बहुत सम्पन्न होगा।

श्वासावरोध से बाल-बाल बचना – गर्दन पर तिल का होना इस बात का सूचक है कि व्यक्ति श्वासावरोध से बाल-बाल बचेगा।

शादी द्वारा धनी – गले पर तिल हो तो शादी के बाद धनी का संयोग है।

विपरीत भाग्य – छाती पर दाईं ओर तिल प्रतिकूल भाग्य का सूचक है।

यह अमीरी से ग़रीबी की ओर ले जाएगा। ऐसे व्यक्ति के लड़कियां अधिक होंगी।

विलासी मनोवृत्ति – छाती पर बाई ओर तिल होना विलासी मनोवृत्ति का सूचक है। ऐसे व्यक्ति के लड़के अधिक होते हैं।

सामान्य स्वास्थ्य – वक्षस्थल पर तिल हो तो सामान्य स्वास्थ्य का सूचक है।

भ्रमण लिप्सा – जिस व्यक्ति के छाती पर बाईं ओर तिल हो, वह व्यक्ति संवेदनशील, उलझे मस्तिष्क वाला, भ्रमण लालसा रखने वाला तथा कामवासना का प्रेमी होगा।

कायरता – पसलियों के ऊपर दाईं ओर तिल कायर और मन्दबुद्धि का सूचक ।

आलस्य और पेटूपन – पेट पर तिल हो तो यह आलसी, पेटू, स्वार्थी और पोशाक के मामले में फूहड़ व्यक्ति का सूचक है।

ताकतवर बच्चे – किसी कूल्हे पर तिल का होना स्वस्थ और बलिष्ठ बच्चों का सूचक है।

सफल विवाह – दाईं जांघ पर तिल हो तो सम्पदा और सफल विवाह का सूचक है।

दारिद्र्य – बाईं जांध का तिल ग़रीब और दरिद्रता का सूचक है। ऐसे व्यक्ति को शत्रुओं और अन्याय से कष्ट भोगना पड़ेगा।

ईमानदार साथी – दाहिने घुटने का तिल भले जीवन-साथी के चुनाव का सूचक है। ऐसे व्यक्ति को निराशाओं का मुख नहीं देखना पड़ेगा।

उद्दंड और शिष्ट – बाएं घुटने का तिल व्यक्ति की उद्दंडता का सूचक है; किन्तु ऐसा व्यक्ति शान्त होने पर शिष्ट होता है। यह शालीन और ईमानदार होता है।

आलसी और उदासीन – टांग का तिल आलसी और उदासीन मनोवृत्ति का सूचक है।

स्त्रैणता – टखने पर तिल हो, तो ऐसा पुरुष स्त्रियोचित स्वभाव का होगा। पोशाक के बारे में सुरुचि सम्पन्न होगा। ऐसी स्त्री जिसके टखने पर तिल हो, वह पुरुषोचित प्रकृति की होगी।

आकृति विज्ञान और व्यक्तित्व की भविष्यवाणी

चेहरा मन का दर्पण है। किन्तु यह सदा के लिए सच नहीं है। क्योंकि इंगलिश की कहावत है कि 'चेहरा मन को छिपाता है'। इसमें कुछ-कुछ सच्चाई है, क्योंकि कई व्यक्ति अपने मन की बात छिपाने की कोशिश करते हैं। ऐसे व्यक्ति यदि आपको घृणा भी करते हों, तब भी आप से मृदु और शालीन व्यवहार करेंगे। आकृति विज्ञान के ज्ञाता इस खेल को जल्दी ही समझ जाते हैं।

सिर और चेहरे के द्वारा व्यक्ति के मन और चरित्र को पढ़ पाने की कला बहुत पुरानी है, किन्तु कुछ ही वर्षों पूर्व इसका प्रचलन संकेत रूप में किया गया है। मन के दर्पण पर घूमने वाले भावों का प्रतिबिम्ब चेहरे पर आ जाता है। जो इस विषय के जानकार हैं और इसका वैज्ञानिक लाभ उठाते हैं उनके लिए चेहरा एक प्रकार का टेलिविज़न है।

सिर, खोपड़ी और चेहरे – वैज्ञानिकों ने मानव की खोपड़ी को कई हिस्सों में विभाजित किया हुआ है तथा प्रत्येक हिस्से का शारीरिक और मनोवैज्ञानिक अभिप्रेत अर्थ भी निकाला है। हम मनुष्य की खोपड़ी के आधार पर मानव के शारीरिक और मानसिक विकास की विभिन्न अवस्थाओं को खोज सकते हैं। यह विभिन्न अवस्थाएं प्रागैतिहासिक काल से लेकर आधुनिक काल तक की हैं।

स्विस दार्शनिक जॉन कास्पर लेवेटर, जो कि आकृति विज्ञान का मार्ग दर्शक माना जाता है। उसने मनुष्य के चरित्र और स्वभाव को सही ढंग से समझने का प्रयास किया था। उसने यह अनुभव किया कि मनुष्य के चेहरे से मानवीय गुणों व विशेषताओं का पता लगाया जा सकता है। इसी आधार पर

उसने आकृति विज्ञान के सिद्धान्त बनाए।

चित्रकारों को उनकी अन्तर्बुद्धि ही इस कला का ज्ञान देती है। वे चित्रों द्वारा ही मनुष्य के चरित्र का चित्रण कर देते हैं। महान कला भी यही है। किसी महान कला को देखकर उस चित्र में चित्रित व्यक्ति की मानसिकता को पहचाना जा सकता है।

आकृति विज्ञान और नक्षत्र विज्ञान – कई वर्षों से राशियों और शारीरिक आकृति का सम्बन्ध आपस में जोड़ा जा रहा है। सब मनुष्यों को नक्षत्रों के प्रकार के अनुसार बांटा गया है। हस्तरेखा-विज्ञान की तरह ही आकृति विज्ञान भी नक्षत्र से सम्बन्धित है।

उदाहरणार्थ जिस व्यक्ति के हाथ में सूर्य पर्वत (सूर्य पर्वत तीसरी अंगुली के नीचे उभरा हुआ मांस है) प्रमुख होगा, उन्हें सूर्य राशि के व्यक्ति (सौन्दर्ययुक्त) कहा जाएगा। ऐसे व्यक्ति स्वस्थ और लम्बे होते हैं। उनके रंग में स्वर्णिम आभा होती है और चहरे पर स्वस्थ चमक व्याप्त रहती है। इनके बाल सुनहरे होते हैं। इनकी दाढ़ी नर्म और मुलायम होती है। बादाम की शक्ल की स्वच्छ, निर्मल और कान्तियुक्त आंखें होती हैं। तराशी हुई सुन्दर-सी नाक होती है। भौंहें सुन्दर होती हैं। दांत सही ढंग से मसूढ़ों में लगे रहते हैं। कान गुलाबी होते हैं। छाती सुदृढ होती है।

इस प्रकार मानव चरित्र और उसके भाग्य का अनुमान लगाने के लिए आकृति विज्ञान, हस्तरेखा-विज्ञान और नक्षत्र-विज्ञान का ही सहारा लेना पड़ता है।

मुख्य रूप से तीन प्रकार के चेहरे होते हैं :

(1) गोल (2) तिकोने और (3) चौकोर

गोल चेहरा – गोल चेहरा बिल्कुल गोलाई में होता है। ये व्यक्ति ऐश्वर्यशाली होते हैं और आनन्ददायक समय, ख़ुशियां मनाने और आराम को पसन्द करते हैं। इसके साथ ही ये मेहनती भी होते हैं।

आरामदायक जीवन की चमक-दमक प्राप्त करने के लिए ये कठोर परिश्रम करते हैं। ये प्रत्येक इच्छा के योग्य भी होते हैं।

गोल चेहरे वाले व्यक्ति अच्छे व्यापारी, दुकानदार और धनोपार्जन करने वाले होते हैं। इन्हें पता रहता है कि किस प्रकार धन कमाया जा सकता है। मुनाफ़ा कमाना इन्हें आता है।

ऐसे व्यक्ति मिलनसार और हंसमुख होते हैं और सब जगह अच्छे मित्र बना लेते हैं। हल्की-सी जान-पहचान भी लाभदायक और दीर्घकालीन मैत्री में बदल जाती है। ये उपलब्धियों और हानियों को जीवन का एक अंग मानते हैं। कठिनाइयों, परेशानियों और कड़े परिश्रम के बाद भी ये उन्नति जल्दी ही कर लेते हैं।

ये व्यक्ति सही निर्णय लेने वाले और विलक्षण बुद्धि वाले होते हैं। इसी कारण जल्दी सफल भी हो जाते हैं। इनमें अपने साथियों की योग्यता और क्षमता को जानने की अन्तर्दृष्टि होती है। ये अपनी योग्यता और क्षमता का सही उपयोग करना भी जानते हैं। एक उपलब्धि से दूसरी उपलब्धि तक पहुंचना इनकी विशेषता है। दूसरों की सहायता भी करते हैं और दूसरों से सहायता भी लेते हैं।

गोल चेहरे वाले व्यक्तियों में दृढ़ विश्वास होता है। ये जीवन की सीढ़ी जल्दी और शान्ति से चढ़ लेते हैं। बिना किसी जयघोष के प्रसिद्धि प्राप्त करते हैं। अपना लाभ ले लेते हैं और सफलता का श्रेय दूसरों पर जाने देते हैं।

गोल चेहरे वाली स्त्रियां अच्छी पत्नियां होती हैं। अपना अधिक समय परिवार और मित्रों में लगाती हैं। सन्तोषी प्रकृति की होती हैं। अपनी योग्यता के प्रदर्शन के कई अवसर इन्हें प्राप्त होते हैं, क्योंकि ये किसी का भी विरोध नहीं लेतीं।

गोल चेहरे वाले बच्चे प्रसन्न, मनोहारी और अच्छे मित्र होते हैं। स्वाभाविक रूप में चंचल और सहायक होते हैं। ये महत्त्वाकांक्षी जीव होते हैं। अस्थिर प्रकृति के तथा क्रियाशील व्यक्ति होते हैं। राजसिक वृत्तियां इन पर शासन करती हैं।

तिकोना चेहरा – तिकोना चेहरा कनपटी से चौड़ा ठोड़ी पर से नुकीला और पतला होता है तथा उल्टे त्रिकोण जैसा होता है। यह गहन विचारक या दार्शनिक व्यक्तियों का द्योतक है।

तिकोने चेहरे के व्यक्ति के लिए विचार भी सच्चाइयों की तरह विस्तृत और विशाल होते हैं। जब तक इनके स्वप्न पूरे न हों, इन्हें शान्ति नहीं मिलती। इनकी योजनाएं, परियोजनाएं या कार्यक्रमों में ठोस उपलब्धियां होती हैं।

कुछ विद्वानों, दार्शनिकों और बुद्धिजीवियों के चेहरे त्रिकोणाकार थे। हाथ के कार्यों की अपेक्षा मस्तिष्क के कार्यों में इनकी विशेष रुचि होती है। ये योग्य सलाहकार होते हैं। आर्थिक या अन्य उद्योगों में भले जनसम्पर्क अधिकारी होते हैं। अपनी विश्लेषणात्मक योग्यता के कारण ये वैज्ञानिक आविष्कार और वैधानिक व्यवसायों में सफल रहते हैं। एक बार जो चीज़ इन्हें रुचिकर लग जाती है, वह सदा के लिए उनकी दिलचस्पी का केन्द्र बन जाती है। इनकी प्रकृति चीते की तरह है। ये विषय की गहराई में बैठना चाहते हैं, जिससे नए आविष्कार हो सकें, जो इनके लिए और मानवता के लिए लाभदायक सिद्ध हों। इनके लिए वैज्ञानिक खोज या विश्लेषणात्मक उपलब्धि ही इनाम है। अविजित समस्याओं से घिर जाने पर या जनसाधारण की इनके कार्य में रुचि कम हो जाने पर ये उद्विग्न और उदास हो जाते हैं।

उद्देश्यपूर्णता ही इनके चरित्र का विशिष्ट गुण है कोई उद्देश्य पूरा हो जाए, तो जीवन में किसी और चीज़ की इन्हें आवश्यकता ही नहीं रहती । तिकोने चेहरे के आइंस्टाइन का कथन है, "मनुष्य के लिए सबसे अधिक प्रसन्नता की बात है कि वह जो कार्य अपने जीवन में करना चाहता है, वह उसे करने दिया जाए ।" इन्हें इनके कार्य से विमुख कर देने पर बहुत कष्ट होता है।

तिकोने चेहरे वाले व्यक्ति हल्केपन से प्रभावित नहीं होते, बल्कि मनुष्य और कार्य की गहराई तक जाते हैं। किसी आकर्षण को ये ठोस योग्यता नहीं मानते । ये लोग किसी कार्य को पकड़ने से पहले उसके बारे में अधिक-से-अधिक जान लेते हैं। इनके लिए भला इसी में है कि ये अपनी शक्तियों का उपयोग विविध कार्यों में न करके सीमित कार्य में करें। एकाग्रता इनकी मित्र है। उन्नति के लिए इन्हें आत्मानुशासन पर ध्यान देना चाहिए।

तिकोने चेहरे वाली स्त्रियां प्रभावशाली, विचारवान और दूसरों की आवश्यकताओं के प्रति जागरूक होती हैं। ये अन्तर्दर्शी होती हैं, और इन्हें व्यावहारिक कार्यों का सन्तुलन रखना चाहिए।

तिकोने चेहरे वाले व्यक्ति कल्पनाशील होते हैं और अपनी ही दुनिया में खोए रहते हैं। ये आत्मनिर्भर होते हैं और इन्हें मित्रों या खिलौनों की आवश्यकता नहीं होती। इनकी स्मरण-शक्ति अच्छी होती है और जल्दी ही कार्य को सीख लेते हैं।

वर्गाकार चेहरा – वर्गाकार चेहरा कनपटी और मुंह पर से चौड़ा होता है। यह लगभग वर्गाकार ही होता है। बिल्कुल वर्गाकार चेहरा मिलना दुर्लभ है, किन्तु इनकी आकृति वर्गाकार जैसी ही होती है।

वर्गाकार चेहरे चंचल और क्रियाशील मस्तिष्क के सूचक हैं। चौड़े मुख वाले होने के कारण ये अशिष्ट और अभद्र होते हैं। वर्गाकार चेहता गोल और त्रिकोणाकार चेहरे के बीच का होता है। वर्गाकार चेहरे विद्वानों और व्यापारी दोनों में ही मिलते हैं।

वर्गाकार चेहरे वाले व्यक्ति की शिक्षा व्यावहारिक प्रशिक्षण जैसी होती है। ऐसे व्यक्ति सफल व्यापारी, कार्यकर्ता, प्रोफ़ेसर और विशिष्ट व्यवसायी होते हैं। किसी मार्ग को ये अपना लें, तो उसके अन्तिम छोर तक कम ही पहुंचते हैं।

ये व्यक्ति बौद्धिक पराकाष्ठाओं की अपेक्षा मध्यम व्यावहारिक मार्ग चुनते हैं। व्यापार या उद्योग में ये अपनी मेहनत के बल पर सफलता प्राप्त करते हैं। इनमें प्रशासकीय योग्यता होती है और ये योग्य नेता भी होते हैं। ये अपनी कार्य क्षमता को गति प्रदान करते हैं। अपने कार्यकर्ताओं से अनुसरण की आशा रखते हैं। अपनी योग्यताओं के बल पर उन्नति भी करते हैं।

ऐसे व्यक्तियों में इच्छाशक्ति, दृढ़-निश्चय और सत्य सहने का साहस तथा विचार दृढ़ता होती है। अपने जीवन के निर्धारित लक्ष्य को प्राप्त करने में ये अपनी शारीरिक क्षमता और कार्य निष्पादन शक्ति पर ही भरोसा रखते हैं। वर्गाकार चेहरे के व्यक्तियों में यान्त्रिक निपुणता भी होती है।

जीवन के उद्देश्यों की प्राप्ति के लिए नाटकीय की अपेक्षा क्रियात्मक योजनाएं बनानी पड़ती हैं। जीवन में उद्देश्यों की प्राप्ति के लिए इन्हें मानसिक प्रोत्साहन की आवश्यकता होती है। इनमें साहस और योग्यता दोनों ही रहते हैं। ये योग्य मार्गदर्शक होते हैं। इन्हें कठोर परिश्रम करना और करवाना आता है।

वर्गाकार चेहरे की महिलाएं आधुनिक युग की परिभाषाएं हैं। वे सामाजिक

अवरोधों से स्वतन्त्र हैं और विविध क्षेत्रों में कार्यरत रहती हैं। किसी प्रकार की सीमाएं इनके जीवन को अवरुद्ध नहीं करतीं। इन्हें अधिक और दृढ़ सफलता पाने के लिए विस्तृत कार्यों की अपेक्षा सीमित कार्यों पर ध्यान देना चाहिए। इन्हें योग्यता और व्यक्तित्व का समन्वय करना चाहिए।

वर्गाकार चेहरे के बच्चों के जीवन में उच्च आदर्श होते हैं। ये व्यावहारिक प्रकृति के होते हैं और अपने खिलौनों से ही तकनीकी प्रशिक्षण प्राप्त कर लेते हैं। अपनी योग्यता को बढ़ावा देने के लिए इन्हें शारीरिक स्वास्थ्य, तकनीकी शिक्षा और वैज्ञानिक प्रशिक्षण में रुचि रखनी चाहिए।

मिश्रित चेहरे – साधारणतया मिश्रित चेहरे ही देखने में आते हैं। विशुद्ध गोल, तिकोने या वर्गाकार चेहरे मिलने कठिन हैं, दो या तीन प्रकार के चेहरे मिलकर ही एक चेहरा बनता है।

गोल-तिकोना चेहरा कनपटी, मुंह और ठोड़ी पर से चौड़ा और गोलाकार होता है। इसमें तिकोने चेहरे वाले व्यक्तियों जैसी मानसिकता और गोलाकार चेहरे के व्यक्तियों की-सी व्यापारिक बुद्धि होती है। इस प्रकार का मिश्रण आशावाद का प्रतीक है। इनमें उत्साह तो होता है; किन्तु गति की कमी होती है।

जब ऊपर वाला जबड़ा गोलाकार ठोढ़ी तिकोनाकार हो, तो व्यक्ति में बौद्धिकता की अपेक्षा अशिष्टता का अधिक प्रभाव रहता है। ऐसा व्यक्ति जल्दबाज़ होता है।

जब चेहरा कनपटी पर से चौड़ा और जबड़े पर से वर्गाकार हो तो यह तिकोना और वर्गाकार चेहरा होता है। ऐसे व्यक्ति के पास कई विचार होते हैं, जिन्हें वह कार्य-रूप दे सकता है। ऐसा व्यक्ति जल्दबाज़ नहीं होता बल्कि व्यावहारिक होता है।

वर्गाकार चेहरा और नुकीली ठोढ़ी संवेदनशील प्रकृति की द्योतक है। ऐसे व्यक्ति अनुभवों से लाभ उठाते हैं।

वर्गाकार गोल चेहरा कनपटी के नीचे सीधी रेखा में निश्चित चौड़ाई तक फैला हुआ और जबड़े तथा ठोड़ी पर से गोलाकार होता है। यह क्रियाशील तथा गतिशील प्रकृति व व्यापारिक योग्यता का द्योतक है।

जब दो प्रकार के चेहरे आपस में मिले हुए हों, तो व्यक्ति के बारे में कोई भी निर्णय लेने से पहले विचार करने की आवश्यकता है, जो कि कठिन तो नहीं, किन्तु इसमें कुछ अभ्यास की ज़रूरत है।

खोपड़ी के आकार – सिर की बनावट भिन्न प्रकार की होती है। अतः इनके आधार पर विशेषताओं व गुणों का निश्चय करने से पहले इसकी बनावट को सावधानी से जान लेना आवश्यक है।

सिर को पीछे की ओर से देखना चाहिए। पीछे से देखने पर ही पता लगेगा कि किस व्यक्ति का सिर कैसा है।

अर्धवृत्ताकार सिर – अर्द्धवृत्ताकार सिर में समानुपातिक गोलाई होती है। यह संवेदनशील और आक्रामक प्रकृति का द्योतक है। ऐसा व्यक्ति जोखिम उठाना और अवसर का लाभ उठाना जानता है। यह किसी भी जोखिम के काम में अपने को डालने को तैयार रहता है और परिणामों की चिन्ता नहीं करता। ऐसे व्यक्ति व्यापारिक कार्य करने में सक्षम होते हैं।

वर्गाकार या चपटा सिर – ऐसा सिर असमान और ऊंचा-नीचा होता है। यह सतर्कता और दृढ़ता का प्रतीक है। यह विचार-विमर्श और हिचकिचाहट का प्रतीक है। जो इसे ग़लतियां करने से रोकता है। ऐसा व्यक्ति हाथ में लिये कार्य को दृढ़ता से करता है। ऐसा व्यक्ति पूर्णतया विश्वसनीय होता है।

अंडाकार सिर – ऐसा सिर ऊपर से अंडे के समान नुकीला होता है। यह गहरे अन्तर्बोध का प्रतीक है। ऐसे व्यक्ति परिस्थिति व अवस्था के अनुकूल मार्ग चुनते हैं। ये किसी निश्चित योजना या नीति पर नहीं चलते। ऐसा व्यक्ति कूटनीतिज्ञ होता है, परिस्थिति के अनुसार स्वयं को ढाल लेता है। ऐसा व्यक्ति अपने महत्त्व के प्रदर्शन के लिए कृत्रिम मापदंड बना लेता है।

चौड़ा सिर – चौड़ा सिर शक्तिशाली और क्रियाशील मस्तिष्क का सूचक है। ऐसा व्यक्ति बहिर्मुखी होता है और कार्य तथा साहसिकता में रुचि रखता है।

सिर गोल और चौड़ा हो तो यह व्यक्ति की स्वाभाविक आक्रामकता को अभिव्यक्त करता है। यह झगड़ालू मनोवृत्ति और संताप का सूचक है।

जब सिर चौड़ा और वर्गाकार हो तो यह चेतन प्रवृत्ति का सूचक है। ऐसा व्यक्ति किसी भी राय का चाहे अच्छी या बुरी हो, विरोधी होता है।

जब सिर चौड़ा और नुकीला हो, तो चौड़ापन व्यक्ति के दृष्टिकोण को विस्तार देता है। यह व्यक्ति को छिछले विचारों को त्यागने में सहायता देता है।

छोटा सिर – छोटा सिर आत्मसंयम का द्योतक है। ऐसा व्यक्ति अपनी योग्यता और सार्वजनिक प्रदर्शन से झिझकता है। ऐसे व्यक्ति अन्तर्मुखी होते हैं। ऐसा व्यक्ति सीमित दायरे में रहना पसन्द करता है।

जब सिर तंग और गोलाकार हो, तो ऐसा व्यक्ति दूसरों की राय की अत्यधिक चिन्ता करता है। इसलिए वह अपने स्वाभाविक आवेगों को दबा लेता है।

जब सिर तंग और वर्गाकार हो तो यह संवेदनशीलता का सूचक है। ऐसा व्यक्ति दूसरों के परामर्श को प्रसन्नतापूर्वक ग्रहण करता है। ऐसे व्यक्ति से कोई भी कार्य करवाया जा सकता है।

जब सिर तंग और नुकीला हो, तो ऐसा व्यक्ति सीमित दायरे में अपने महत्त्व का प्रदर्शन करता है और अपनी प्रतिष्ठा पर गर्व करता है। ऐसा व्यक्ति छोटी-सी सफलता को ही महत्त्वपूर्ण विषय मान लेता है तथा सनक और विश्वास को ही महान दर्शन समझता है।

उन्नत रूप-रेखा वाला चेहरा – ऐसे चेहरे में बाहर की ओर अर्द्धवृत्त होता है। तिरछी भौंहें होती हैं, नुकीली नाक, ऊपर का होंठ मोटा और पीछे की तरफ़ जाती हुई ठोड़ी होती है। यह कुशाग्र बुद्धि, असहिष्णुता और उत्साह की प्रतीक है। ऐसे व्यक्ति अच्छे वितरक, अधिक बोलने वाले तथा हंसोड़ होते हैं। ये अपने कार्य और कटाक्ष करने में तेज़ होते हैं। अपने प्रयासों में लीन रहते हैं और एक समय पर एक ही कार्य करते हैं।

उन्नत रूप-रेखा वाले सिर जिन व्यक्तियों के होते हैं, उनमें तीव्र ग्रहण शक्ति होती है। उन्नत पृष्ठ वाली आंखें शान्त वक़्त की प्रतीक हैं। नाक साहस और कट्टरता की धोतक है। उन्नत रूप-रेखा वाले चेहरों के व्यक्ति आलोचनात्मक प्रकृति के होते हैं। ऐसी नाक तुच्छता में रखने की ओर संकेत करती है।

लम्बी रूप-रेखा वाला चेहरा – इस प्रकार के चेहरे में माथे से ठोड़ी तक सीधी रेखा होती है।

ऐसा चेहरा शान्त प्रकृति, विचार-विमर्श और चिन्तन का सूचक है। ऐसा व्यक्ति जो भी कार्य हाथ में लेता है, उसके पीछे कारण होता है। उनके निर्णय सही और दृढ़ होते हैं। प्रत्येक कार्य को अन्तिम क्षण तक पूरा करता है। इसीलिए ऐसा व्यक्ति असफल कम ही होता है।

लम्बा माथा जिस व्यक्ति का होगा, वह किसी भी विषय पर पहुंचने से पहले गहन चिन्तन और विचार-विमर्श करता है।

लम्बी आंखों वाला व्यक्ति वाक्पटु, कूटनीतिज्ञ व विक्रेता होता है।

लम्बी नाक वाला व्यक्ति एक बनी-बनाई दिनचर्या को अपनाने का इच्छुक रहता है।

लम्बे मुंह वाला व्यक्ति अल्पभाषी होता है।

लम्बी ठोड़ी वाला व्यक्ति दृढ़ और निश्चित स्वभाव का होता है, किन्तु छोटी-छोटी बातों में अधीर हो उठता है।

अवनत रूप-रेखा वाला चेहरा – इस प्रकार के चेहरे में माथे के उभार से लेकर ठोड़ी तक अन्दर की ओर झुकाव या गोलाई होती है।

ऐसे व्यक्ति का व्यवहार और बोलचाल सावधानी से युक्त होता है। किसी निर्णय पर पहुंचने से पहले उस बात को अच्छी तरह तोलता है। ऐसे व्यक्ति की राय नियन्त्रित होती है। ये जितने गम्भीर होते हैं, उतने दिखाई नहीं देते । ये लोग अपनी परिस्थितियों से सन्तुष्ट रहते हैं और गहन चिन्तन में लगे रहते हैं। ये छोटी-छोटी बातों से चिढ़ जाते हैं। इनमें व्यावहारिक कार्यों के प्रति असन्तोष और अनिच्छा रहती है। ये व्यक्ति चिरकालीन और कृतज्ञ मित्र सिद्ध होते हैं।

पिचका हुआ माथा अच्छे श्रोता का सूचक है। झुकी हुई आंखें शान्त वक्ता की सूचक हैं। ऐसा व्यक्ति विश्वसनीय होता है।

अवनत नाक वाला व्यक्ति मैत्री में सुख अनुभव करता है। ऐसे व्यक्ति छोटी-छोटी बातों के भी रहस्य रखते हैं।

झुके हुए मुंह वाला व्यक्ति सुखद मनोवृत्ति रखता है। उसे दूसरों के प्रति सहानुभूति होती है।

अवनत ठोड़ी ऐसे व्यक्ति की सूचक है, जो किसी कार्य को लेने से पहले शान्तिपूर्वक विचार-विमर्श करता है।

बाह्य आकृति या नैन-नक्श

1. उन्नत माथा विश्लेषणात्मक वैज्ञानिक मस्तिष्क का सूचक है। छोटा मस्तिष्क व्यावहारिक बुद्धि का सूचक है।
2. चौड़ी और मोटी भौंहें शक्तिशाली और उग्र स्वभाव की प्रतीक हैं। हल्की भौंहें चिड़चिड़े स्वभाव की द्योतक हैं।
3. गोल आंखें विश्वसनीय व्यक्ति की होती हैं। अंडाकार आंखों वाला व्यक्ति प्रसन्नचित्त होता है और व्यंग्य में रुचि रखता है। झुकी हुई आंखें रहस्यवादी प्रवृत्ति की सूचक हैं।
4. लम्बी नाक उत्तेजित प्रकृति की सूचक है। छोटी नाक वाला व्यक्ति शान्त और विनम्र प्रकृति का होता है।
5. चौड़ा मुंह उच्छृंखलता का सूचक है। छोटे मुंह वाले व्यक्ति में भावनात्मकता नहीं होती।
6. सीधे होंठों वाले व्यक्ति में आत्मानुशासन होता है। झुकाव लिये हुए होंठ अनजान प्रकृति के सूचक हैं।
7. लम्बी ठोड़ी वाला व्यक्ति चेतन प्रकृति का होता है। छोटी ठोड़ी वाला व्यक्ति परिवर्तनशील प्रकृति का होगा।
8. लम्बे कानों वाला व्यक्ति हर उस बात को सुनने और समझने के लिए तैयार है, जिससे कुछ लाभ होने वाला है। छोटे कानों के व्यक्ति में स्वतन्त्रता की कमी होती है।

कपाल विज्ञान और मानव प्रकृति

कपाल विज्ञान आकृति विज्ञान का ही एक भाग है। जॉन कैस्पर लेवेटर (1741 से 1801) ने इसको यह रूप दिया था। मुखाकृति विज्ञान की खोज लेवेटर ने की थी और कपाल विज्ञान की रचना उनके विद्यार्थी जोजेफ गॉल ने की थी। वे 1776 में वियना में चिकित्सक थे।

मुखाकृति विज्ञान व्यक्ति के लक्षणों की रूप-रेखा बनाती है, यह सामान्य शारीरिक बनावट से सम्बन्धित होती है। कपाल विज्ञान खोपड़ी की बनावट से सम्बन्धित है और मानव की प्रकृति के बारे में बताती है।

कपाल की वैज्ञानिक व्यवस्था – फ्रैंज गॉल ने कपाल को वैज्ञानिक बनावट में बदल दिया। प्रत्येक हिस्से द्वारा मानव प्रकृति के लक्षणों को पढ़ने की कोशिश की गई और उसके अनुकूल और प्रतिकूल परिणामों के आधार पर उसका उपयोग किया गया। कपाल का प्रत्येक हिस्सा स्पष्ट व्याख्या करता है।

लक्षणों के आधार पर इन विभाजित हिस्सों को और आगे छोटे-छोटे विभागों में बांटा गया। प्रत्येक को अलग-अलग विस्तृत रूप दिया गया। गॉल ने कपाल के 26 हिस्से बताए और व्यक्ति के पहचान योग्य लक्षणों से उनकी तुलना की।

इन हिस्सों की संख्या को वियना के चिकित्सक जॉन कैस्पर स्परजीम (1776 से 1832) ने और भी बढ़ा दिया। ये सब फ्रैंज गॉल के उत्साही शिष्य थे। जॉन कैस्पर के ही एक विद्यार्थी जॉर्ज कोम्बे (1788 से 1853) ने कपाल विज्ञान के क्षेत्र में और भी नई खोज की।

कपाल विज्ञान और नैसर्गिक प्रवृत्तियां

कपाल विज्ञान के मुख्य रूप से तीन भाग हैं:

1. **प्रवृत्तियों का क्षेत्र** – यह सिर के पिछले हिस्से में नीचे की ओर होता है।
2. **निर्दिष्ट क्षमताओं का क्षेत्र** – यह सिर के ऊपर के हिस्से में होता है।
3. **बौद्धिक योग्यता का क्षेत्र** – यह सिर के सामने की ओर का हिस्सा है, जिसमें माथा भी शामिल है।

कपाल विज्ञान की इसी रचना के आधार पर भविष्य कथन कहा जाता है। इसमें बौद्धिकता की छाप रहती है। कपाल के आधार का अनावश्यक विकास आदि मानवता का सूचक है। यह निरंकुश प्रवृत्तियों का भी सूचक है।

नीची और पेचीदा बनावट वाली खोपड़ी की अपेक्षा लम्बे और ऊंचे सिर में अधिक बौद्धिक क्षमता होती है।

कपाल विज्ञान का आधार कपाल के हिस्से का विशेष विकास या विकासहीनता है।

कपाल विज्ञान के विशेषज्ञों ने उत्साह के दिनों में सारे देश में घूम-घूमकर हज़ारों सिरों का निरीक्षण किया। जब वे व्यक्तिगत विश्लेषण करते, तो उनमें सिद्धान्तों के प्रति अद्भुत निष्ठा पैदा हो जाती।

कपाल विज्ञान का चार्ट – इस अध्याय में कपाल विज्ञान की सूची के विभिन्न हिस्सों में जिन लक्षणों के संकेत मिलते हैं उनकी व्याख्या की गई है। हर हिस्सों का उभार उस हिस्से द्वारा निर्दिष्ट गुण को बढ़ाता है।

1. **अत्यधिक धन** – कपाल का यह हिस्सा जब पूर्ण रूप से विकसित हो, तो धन प्राप्ति का सूचक है। अनावश्यक विकास कंजूसी का सूचक है। उभार की कमी अपव्ययता की सूचक है।
2. **विवेक और व्यवहारकुशलता** – इस हिस्से का सही विकास विवेक, व्यवहारकुशलता, निपुणता और कुशाग्रबुद्धि का संकेत है। इस

हिस्से का अत्यधिक विकास बेईमानी और धोखेबाज़ी का सूचक है। विकासहीन हिस्सा अविवेकी और बातूनी स्वभाव का सूचक है।

3. **सतर्कता और सावधानी** – इस हिस्से का सही रूप में विकास चौकन्ने और सावधान स्वभाव के व्यक्ति का सूचक है। ऐसे व्यक्ति किसी प्रकार का जोखिम नहीं उठाते। अनावश्यक उभार, योजनाओं की अनिश्चितता, स्थगन और भय का सूचक है। कम विकसित हिस्सा दुःसाहस का सूचक है।

4. **विजय की इच्छा** – जब यह हिस्सा विकसित रूप में हो, तो दृढ़-संकल्प का सूचक है, ऐसे व्यक्ति में विश्व-विजय की इच्छा बलवती होती है। अनावश्यक विकास आत्म-प्रशंसा, अहंकार और अहम भाव का सूचक है। इसके विकास की कमी अक्खड़ और लापरवाह प्रकृति की सूचक है।

5. **आत्मसम्मान** – सिर के ऊपर का हिस्सा आत्मसम्मान का सूचक है। सही रूप में विकसित हिस्सा नेतृत्व करने की प्रकृति का सूचक है। इस हिस्से में विकास की कमी व्यक्ति को अपनी योग्यता भी पहचानने नहीं देती।

6. **स्थिर प्रकृति** – कपाल का यह हिस्सा विकसित हो, तो यह उद्देश्य, दृढ़ता और सामर्थ्य तथा प्राकृतिक गुणों के सन्तुलन का सूचक है। अत्यधिक विकास ऐसे व्यक्ति का सूचक है, जिसकी मानसिकता में स्वेच्छा शक्ति और हठ हो। इसका अविकसित होना अस्थिर व्यक्तित्व और चंचल स्वभाव का सूचक है।

7. **चेतना** – इस हिस्से का सही विकास ग़लत और सही में भेद करने की क्षमता और चेतना का प्रतीक है। अनावश्यक विकास आत्महीनता का सूचक है। इसके विकास की कमी व्यक्ति को अपनी ग़लती पर विचार करने के लिए बाध्य करती है।

8. **आशावाद** – इस हिस्से का पूर्ण विकास आशावादी और आनन्दमयी प्रकृति का सूचक है। अनावश्यक विकास निराशावादी स्वप्न और

कल्पनालोक में रहने वाले व्यक्ति का सूचक है। अविकसित हिस्सा उदासी और निराशा का सूचक है।

9. **आध्यात्मिकता** – इस हिस्से का सही व पूर्ण विकास आध्यात्मिक और अन्तर्बोध प्रकृति और रहस्यमय चरित्र का सूचक है। अनावश्यक विकास उन्माद और अन्धविश्वास का सूचक है।

10. **प्राचीनता के प्रति मोह** – इस हिस्से का सही और पूर्ण विकास रस्म-रिवाज और परम्परा के प्रति प्रेम का सूचक है। अनावश्यक विकास वाला व्यक्ति प्राचीन उच्च आदर्शों द्वारा सम्मोहित हुआ होता है। विकास की कमी दार्शनिकता की सूचक है।

11. **रोमांटिक प्रकृति** – इस हिस्से का विकास व्यक्ति में विपरीत लिंग के प्रति आकर्षण का द्योतक है। अत्यधिक विकास प्रेम रोग के पागलपन तक की सीमा का लक्षण है। इसके विकास की कमी समाज के प्रति अनाकर्षण की द्योतक है।

12. **सच्चा प्रेम** – सही रूप में विकसित यह भाग सच्चे प्रेम व अनुरक्ति का सूचक है। अनावश्यक विकास प्रेम में कुढ़न का सूचक है। अविकसित भाग अस्थिर चरित्र का सूचक है।

13. **पैतृक प्रेम**– इस भाग का पूर्ण विकास पैतृक प्रेम तथा पुत्रानुरूप अनुराग का सूचक है। इनका अनावश्यक विकास पारिवारिक क्षेत्र से बाहर दिलचस्पी की कमी का सूचक है। अविकसित हिस्सा पारिवारिक सम्बन्धों की टूटन का सूचक है।

14. **मैत्री** – सही रूप में विकसित हिस्सा उस व्यक्ति का सूचक है, जो समाज में प्रसन्न रहता है और मैत्री के लिए उत्सुक रहता है। अत्यधिक विकास बुरे मित्रों से दोस्ती का सूचक है। जिसके कपाल का यह भाग अविकसित हो वह मित्र बनाने में अयोग्य सिद्ध होता है।

15. **घर के प्रति प्रेम** – इस भाग का सही विकास व्यक्ति के घर के प्रति अत्यधिक प्रेम का सूचक है। अत्यधिक विकास होने से निरन्तर

घर की याद सताती रहती है। अविकसित भाग आवारागर्दी और घूमने के शौक का सूचक है।

16. **एकाग्रता** – इस हिस्से का सही रूप में विकास विचारों की एकता और प्रवाह का सूचक है। अधिक विकसित भाग ग़ायब दिमाग़ और एक ही मार्ग पर एकाग्र मन होने का सूचक है। अविकसित हिस्से वाला व्यक्ति हाथ में लिये कार्य को करने के अयोग्य होगा।

17. **बीमारियों के प्रति अवरोध** – इसका सही विकास बीमारियों के प्रति स्वाभाविक अवरोध का सूचक है। अत्यधिक विकास बीमारी के प्रति चिन्ता और भविष्य की चिन्ता का सूचक है। अविकसित भाग बीमार और बलहीन व्यक्ति का द्योतक है।

18. **साहसी प्रकृति** – सही रूप में विकसित यह भाग साहसी और उद्योगी प्रकृति का सूचक है। अत्यधिक विकसित भाग स्पर्धाविरोधी प्रकृति का सूचक है। अविकसित भाग डरपोक और भयभीत मनोवृत्ति का सूचक है।

19. **निष्ठुरता** – कपाल के इस भाग का विकास निष्ठुर और विध्वंसक प्रकृति का सूचक है। अत्यधिक विकसित भाग दुर्भावना और प्रतिहिंसा का सूचक है। विकास की कमी का अर्थ है, व्यक्ति घर-परिवार और व्यापार के मसलों पर नियन्त्रण नहीं रख पाता।

20. **भोजन का प्रशंसक** – कपाल के इस हिस्से का सही विकास भोजन के प्रशंसक और व्यंजन प्रेमी का सूचक है। अत्यधिक विकास पेटूपन का सूचक है। विकास की कमी मद्यत्यागी और परिष्कृत भोजन खाने वाले की सूचक है।

21. **परोपकारिता** – जब यह भाग सही रूप में विकसित हो तो परिष्कृत हृदय और सहानुभूतिपूर्ण प्रकृति का सूचक है। अत्यधिक विकसित भाग वाले व्यक्ति में सहानुभूति की कमी होती है। अविकसित हिस्सा स्वार्थी प्रकृति का सूचक है।

22. **तकनीकी योग्यता** – इस हिस्से का सही विकास व्यक्ति की

तकनीकी योग्यता का सूचक है। अविकसित भाग तकनीकी योग्यता में पूर्णरूप से अभाव का सूचक है। अनावश्यक विकास अन्वेषण प्रिय व्यक्ति का सूचक है।

23. **आदर्शवाद** – कपाल का यह भाग पूर्ण विकसित हो, तो कलात्मक रुचि, पूर्णता और सौन्दर्य के प्रति प्रेम का सूचक है। अत्यधिक विकास अति सौन्दर्यात्मक प्रकृति का संकेत करता है। अविकसित भाग भद्दी रुचि का सूचक है।

24. **उत्कृष्टता** – सही रूप में विकसित यह भाग स्वाभाविक श्रेष्ठता और मानवीय कला के महान निर्माता का सूचक है। अत्यधिक विकास बढ़ा-चढ़ाकर प्रशंसा करने वांले का द्योतक है। अविकसित भाग उत्कृष्टता और महानता के प्रति अरुचि की ओर संकेत करता है।

25. **अभिनय निपुणता** – यह भाग सही रूप में विकसित हो, तो अभिनय और सामाजिक व्यक्तित्व बनाने में रुचि की ओर संकेत करता है। अनावश्यक विकास जननकार्यों में अश्लीलता को सूचक है। अविकसित प्रदेश वाला व्यक्ति नाट्य कला का अपमान कर सकता है।

26. **हास्य-व्यंग्य** – कपाल का यह हिस्सा सही रूप में विकसित हो, तो हास्य, व्यंग्य, उल्लास और उत्साहपूर्ण चरित्र का सूचक है। ऐसा व्यक्ति दूसरों की खिल्ली उड़ाता है। अविकसित प्रदेश गम्भीर प्रकृति का सूचक है।

27. **तर्कवाद** – जब यह भाग सही रूप में विकसित हो, तो तर्क-वितर्क के प्रति प्रेम का सूचक है। अनावश्यक विकास अव्यावहारिक सिद्धान्तवाद का सूचक है। अविकसित प्रदेश तर्क-शक्ति और निर्णय की कमी का सूचक है।

28. **मानव प्रकृति की परख** – कपाल के इस हिस्से का सही विकास हो, तो यह व्यक्तियों को देखते ही परख लेने की दृष्टि का सूचक है। अत्यधिक विकसित भाग वाले व्यक्ति छिद्रान्वेषी होते हैं।

अविकसित भाग मानव प्रकृति को सही ढंग से न समझ पाने का सूचक है।

29. **विश्लेषणात्मक योग्यता** – सही रूप में विकसित भाग विश्लेषणात्मक योग्यता का सूचक है। अनावश्यक विकास व्यावहारिक आलोचक का द्योतक है। अविकसित प्रदेश निर्णय करने की योग्यता की कमी का सूचक है।

30. **आकर्षक व्यक्तित्व** – सही रूप में विकसित यह भाग आकर्षक व्यक्तित्व का सूचक है। अत्यधिक विकास गप्पी व्यक्ति का सूचक है। अविकसित प्रदेश अनाकर्षक व्यवहार का सूचक है।

31. **स्मरण शक्ति** – सही रूप में विकसित यह प्रदेश आंकड़ों को याद रखने की शक्ति का सूचक है। अनावश्यक विकास व्यर्थ की बातों को याद रखने का सूचक है। अविकसित भाग कमज़ोर स्मरण-शक्ति का संकेत है।